AF463047

MON PROCÈS.

Prix : 75 centimes.

AU MANS,
Chez l'AUTEUR, rue Sainte-Ursule,
N.° 8.

1816

MON PROCÈS.

I.re PARTIE.

Les événemens dont la France a été le théâtre depuis trois ans furent amenés par un gouvernement despotique; et lorsque la France paraissait ne devoir plus espérer d'indépendance au dehors, ni de liberté pour ses citoyens, Louis XVIII parut; il dit aux Français : Soyez libres.

Ces paroles magnanimes opérèrent un effet magique sur tous les esprits, et la génération qui n'avait point connu ce monarque, les citoyens que leurs intérêts et leurs opinions avaient attachés aux nouvelles institutions politiques, reconnurent en lui le digne petit-fils du meilleur des rois.

Mais on leur inspira des craintes : un ministère imprudent laissa croire que ces alarmes étaient fondées... Jetons un voile sur les malheurs qui s'en suivirent.

De retour sur le trône, le monarque ne démentit ni les principes consacrés par lui-même, ni sa bonté, ni sa justice. La charte fut maintenue; les précautions pour garantir l'état de nouvelles révolutions ne dépassèrent point les bornes d'une sage modération; les factions furent comprimées par des lois de circonstance dont l'esprit était de conserver au lieu de détruire; mais le même parti qui déjà s'était prononcé contre les hommes et les choses de la révolution, sans distinguer les crimes d'avec les erreurs, les intrigues d'avec les bons sentimens, les gains honteux d'avec les fortunes légitimes, ce parti crut toucher au moment de son triomphe. Confondu dans la masse des vrais amis du roi, il avait pu donner le change sur ses intentions. Il est facile, dans les révolutions, de prendre l'emportement pour du zèle, l'entêtement pour de la fermeté, la fureur pour de l'énergie, les haînes privées pour la chaleur du dévouement : mais aussitôt que la paix intérieure se rétablit, les vues personnelles se décèlent, les masques tombent, et le faux défenseur de la monarchie, semblable au faux patriote, ne paraît plus que ce qu'il est.

Désespérés de voir le sol français abandonné par les troupes étrangères, sans qu'il fût abreuvé du sang de quelques citoyens, ce parti voulut du moins faire tourner contre eux l'effet des lois provisoires. Désarmemens, surveillances, arrestations, toutes ces mesures destinées à garantir le trône et l'état des atteintes qui pourraient leur être portées, il prétendit qu'on devait s'en servir pour appaiser l'inextinguible soif de sa vengeance. Mais dans les départemens où l'administration et la magistrature ne surent pas résister à ses ardentes suscitations, les opprimés trouvèrent auprès d'un ministère impartial la protection généreuse que leurs voix avaient implorée; et le gouvernement s'empressa de réparer les fautes de quelques autorités locales.

En 1814, le département de la Sarthe avait eu le bonheur d'être administré par un homme dont le caractère était honorable comme le nom, respectable par ses mœurs, bon, juste, sage appréciateur du mérite et des talens. Rendu à ses fonctions qu'il avait été forcé de quitter pendant les cent jours, il subit de rudes épreuves par l'effet de l'invasion, et reçut à son retour les témoignages flatteurs de l'intérêt qu'il inspirait. Pourquoi renonça-t-il tout-à-coup à ce beau caractère qui l'avait fait aimer? Pourquoi cessa-t-il de garder la position élevée qu'il avait su prendre, position de laquelle il dominait sur les partis avec tant d'avantage? Pourquoi parut-il n'aspirer qu'à se faire craindre? Les lois du 29 octobre et du 9 novembre, ces armes puissantes remises entre les mains de l'autorité publique, ne suffisaient-elles pas à M. le préfet de la Sarthe pour maintenir son département dans le respect dû à la majesté royale, dans l'obéissance à la charte constitutionnelle?

Quatre mois s'étaient écoulés depuis la rentrée du roi; l'étranger venait de quitter l'ouest de la France, lorsque je revins au sein de ma famille après une absence de dix-huit ans : je cherchais le repos; mais en est-il là où l'esprit d'inquisition a gagné l'administration publique?

Une classe nombreuse de citoyens semblait être condamnée à tous les genres de vexations. Surveillés, désarmés, exilés, traînés dans les prisons, signalés comme ennemis des lois, ils étaient pour ainsi dire jetés hors des lois. Beaucoup de ces actes s'exécutaient en vertu *d'ordres verbaux* ou contre les formes légales; on vous mandait arbitrairement pour vous accabler d'injures; on vous disait: *Vous n'avez rien fait pour le roi;* on vous déniait la justice, à cause de certaines opinions que l'on supposait être les vôtres; on vous défendait de voir tel ou tel de vos amis; c'était un crime d'aborder ou même de saluer cet ami dans la rue; enfin la terreur, oui, la terreur était à son comble. Je m'ensevelis donc au fond d'une retraite champêtre, et dans cet isolement profond, mon cœur eut à gémir des sacrifices que m'imposait la prudence. Un ami de vingt-cinq ans, un ancien compagnon d'infortune, était arrêté: pour son intérêt et pour le mien, je résistai au plaisir d'aller le voir dans sa prison.

Enfin, parut l'ordonnance royale du 5 septembre! « La charte triomphe, m'écriai-je; le temps des alarmes » est passé; les lois de rigueur ne frapperont que les » coupables; la sécurité va renaître dans l'âme des » citoyens que poursuivent encore de honteuses pas- » sions. » Et je sortis de ma retraite.

Qu'un citoyen, enchaîné par les liens tout-puissans de l'intérêt et de sa famille, renferme dans son cœur l'indignation qu'y fait naître le mépris de ses droits; que, dans ses rapports les plus intimes, il craigne de dévoiler les sentimens les plus irréprochables, il a raison, c'est un devoir; car sa sûreté, sa liberté, sa fortune, sa maison, sont à la merci peut-être d'un délateur domestique ou d'un faux ami; mais qu'un homme accoutumé, dès sa jeunesse, à tous les sacrifices, choisi par le sort pour être en butte aux poursuites combinées de l'intrigue et de l'orgueil, assez fort pour avoir su résister, pendant vingt-quatre ans, aux ennemis de la liberté; que cet homme attende une voix plus hardie que la sienne pour interrompre le terrible et morne silence de l'opinion publique glacée sous le souffle des proscriptions, il se montre vaincu par le malheur, il se survit à lui-même. Je me sentis assez de vigueur pour supporter de nouveaux orages, et fortifié par la certitude que le gouvernement tendait nécessairement à la liberté, je m'exposai tranquillement aux coups de mes anciens adversaires.

Dans ma première brochure, j'avertis mes concitoyens qu'il existait encore au milieu d'eux un écrivain patriote. « Armé de ses droits, leur dis-je, sûr de lui-
» même, fidèle à cette énergique impulsion dont il a
» senti la puissance à chaque grande époque de la
» révolution, il porte de nouveau la parole aux amis
» des lois et de la patrie. Persuadé qu'il peut encore
» leur être utile; qu'en définitif l'opinion publique

» ne relève que d'eux; que devant leur tribunal il n'a
» point perdu sa cause, il revient pour les consoler
» dans leurs afflictions, pour relever leurs ames abat-
» tues, pour y faire rentrer la douce sérénité de l'es-
» pérance, pour y rappeler le souvenir de leurs im-
» prescriptibles droits, plus que jamais garantis par
» les lois et par le monarque. » Que de peines j'éprouvai pour la publication de ce premier écrit; il fallut le soumettre à la censure, en changer la forme et le titre, en retrancher des passages (1); il fallut l'infatigable patience d'un homme qui se décide avec lenteur, mais dont les résolutions une fois prises ne cèdent qu'à l'impossible.

L'apparition de *Séide* produisit des effets bien différens : comme Lazare, les anciens patriotes sortirent du tombeau; la voix d'un homme libre les avait ressuscités. Ils apprirent ce que l'influence locale les avait empêchés de connaître, savoir qu'ils étaient aussi les enfans du père de la patrie; qu'ils avaient les mêmes droits que les autres Français, à sa justice, à sa tendre sollicitude; que la loi était faite pour tous; que ses formes ne seraient plus impunément violées, s'ils avaient assez de sens pour les comprendre, assez de courage pour les invoquer. Les gens modérés applaudirent à la pureté des principes, à la franchise de Séide; mais les partisans du pouvoir absolu jetèrent les hauts cris.

---

(1) *Lettre constitutionnelle, à qui de droit.*

Encouragé par ce succès, je publiai quatre autres brochures où je développais, sous des formes diverses, les avantages du régime constitutionnel, d'après la charte; où je repoussais la doctrine hypocrite et haîneuse des faux amis du roi : mes écrits furent saisis avant même que l'autorité judiciaire s'en mêlât; je fus arrêté, poursuivi comme ayant attenté à la sûreté de l'état, ou tout au moins pour avoir manqué *indirectement* de respect au roi; le tribunal civil écarta la première accusation, et donna suite à la seconde; enfin, au bout de quarante-cinq jours, je viens d'être condamné par le tribunal de police correctionnelle, jugement dont j'interjète appel à la cour royale d'Angers.

Je suis condamné; mais l'esprit public renaît dans ce département; mais toutes les idées ne s'y confondent plus; les citoyens dévoués naguère à une sorte de réprobation, recouvrent et leurs armes qu'on leur avait enlevées, et leur repos que l'on menaçait chaque jour, et leur place dans les rangs de la garde nationale. Ils peuvent se voir, se parler sans danger; l'amitié ne craint plus de se trahir; et les simples relations d'affaires que paralysait le regard investigateur d'une police vétilleuse, se rétablissent fort à propos pour grand nombre d'intérêts qu'elle mettait en souffrance.

Je suis condamné; mais le roi, que des méchans avaient peint au peuple comme un prince irrité, inflexible, disposé à rétablir l'ancienne monarchie sur les débris de notre gloire, de notre liberté, d'une masse énorme d'intérêts nés de la révolution; le roi que j'ai représenté tel qu'il est, magnanime et populaire, religieux et philosophe, ferme et sensible, le roi triomphe dans les cœurs d'où l'on avait voulu le bannir : de ses sujets, les anciens patriotes sont devenus ses enfans; et c'est le prétendu séditieux que l'on accuse de l'avoir indirectement calomnié, qui a contribué à cette métamorphose.

Je suis condamné; les passions locales s'en réjouissent; je m'en réjouis aussi, puisqu'au moins, pour atteindre un citoyen dans le département de la Sarthe, il est devenu nécessaire de se conformer aux lois : l'ami de la liberté peut-il acheter trop cher un semblable triomphe?

Je suis condamné; mais j'en appelle : j'échappe à l'influence de vieilles haînes qui, pour me perdre, se sont rajeunies, ont circonvenu l'administration et la magistrature, et se sont montrées dans tout l'abandon de la fureur là où la dignité du ministère public devait leur fermer tout accès.

Je la mets sous les yeux de mes concitoyens, cette procédure extraordinaire où l'administration commence par provoquer contre moi l'application d'une peine infamante; où le ministère public seconde ce terrible engagement de l'autorité envers le parti qui veut m'opprimer.

M. Pasquier, préfet de la Sarthe, a consigné dans une lettre au commissaire de police du Mans, et même dans un arrêté, la pleine justification de tout ce que je viens d'avancer. En vertu de la loi du 29 octobre 1815, il se prétend revêtu de pouvoirs discrétionnaires, tels qu'il a le droit d'abroger une ordonnance du roi, celle du 20 juillet 1815, où la censure des écrits imprimés est abolie. Il fait apposer les scellés, 1.° sur un écrit dont cinq exemplaires ont été déposés entre ses mains *sans qu'il ait consenti à en délivrer le récépissé;* 2.° sur le même écrit, *corrigé sous ses yeux*, dont le récépissé des cinq exemplaires n'a été délivré que sur sommation, en présence de témoins; 3.° sur mes écrits précédens. Voici la copie de sa lettre à M. le commissaire de police du Mans :

Le Mans, ce 1.er novembre 1816.

« Monsieur, les brochures du sieur Bazin, intitulées
» *Séide, Doutes éclaircis par un constitutionnel, le Trône*
» *et l'Autel*, ayant jeté beaucoup d'inquiétude dans les
» esprits par la création d'un parti sous le nom de
» féodaux, je juge que le *Catéchisme politique*, nou-
» velle brochure du sieur Bazin, produirait encore un
» plus mauvais effet. En conséquence, usant du pou-
» voir qui m'est confié par la loi du 29 octobre 1815,
» je vous requiers d'apposer les scellés sur ce *Caté-*
» *chisme politique*, imprimé chez le sieur Renaudin, et
» de veiller à ce qu'ils y soient maintenus, jusqu'à ce
» que j'aie reçu de son excellence le ministre de la
» police une réponse au rapport que je vais avoir

» l'honneur de lui faire à ce sujet. Je vous prie de » notifier au sieur Bazin le présent ordre motivé. »

J'ai l'honneur d'être, etc.

Le préfet de la Sarthe, J. PASQUIER.

S'il existe un acte illégal, c'est bien celui qu'on vient de lire. D'après la loi du 21 octobre 1814, un écrit ne peut être saisi que lorsqu'il est imprimé sans nom d'auteur ou d'imprimeur, ou vendu sans que la déclaration et le dépôt de cinq exemplaires en aient été faits, ou lorsqu'il est déféré aux tribunaux; et je ne me trouvais dans aucun de ces cas. Ce n'est point aux tribunaux, c'est au ministre de la police que M. le préfet en réfère; ce n'est point l'ordonnance du 20 juillet qu'il prend pour règle de conduite, c'est la loi du 29 octobre, où rien ne déroge à cette ordonnance.

L'arrêté suivant n'est pas moins fait pour inspirer la surprise :

« Le maître des requêtes, préfet du département de » la Sarthe, chevalier de la légion d'honneur, ayant » écarté le voile dont s'enveloppait le sieur Rigomer » Bazin, pour exciter le peuple à s'armer contre les » nobles et les prêtres, en les signalant sous le nom » de féodaux, en leur attribuant des intentions con- » traires à nos lois;

» Ayant dénoncé à M. le procureur du roi près le » tribunal du Mans le sieur Rigomer Bazin, comme » prévenu du délit mentionné en l'article 102 du code » pénal;

» D'après les pouvoirs discrétionnaires qui lui sont
» confiés par la loi du 29 octobre 1815, en vertu
» de laquelle le sieur Bazin est déjà sous la surveil-
» lance de la haute police, et en vertu du N.° 3 de
» l'article 15, titre II de la loi du 21 octobre 1814,

» Arrête : Article I.er. La vente des brochures
» intitulées *Séide*, *Doutes éclaircis par un constitution-*
» *nel*, *le Trône et l'Autel*, *la Charte expliquée aux habi-*
» *tans des campagnes* et le *Catéchisme politique*, est in-
» terdite jusqu'après le jugement du tribunal concer-
» nant le sieur Bazin.

» Article II. M. le commissaire de police de la
» ville du Mans apposera les scellés sur lesdites bro-
» chures trouvées dans la maison de l'auteur, et chez
» les imprimeurs et libraires de cette ville.

» Article III. Le présent arrêté sera notifié audit
» sieur Bazin.

» En préfecture, au Mans, le 13 novembre 1816,

» *Signé* J. Pasquier. »

S'il existe un acte monstrueux dans lequel on se joue plus naïvement et de la raison et des lois, c'est encore celui qu'on vient de lire.

Premièrement, on y porte contre moi cette atroce accusation, que j'ai voulu *exciter le peuple à s'armer contre les nobles et les prêtres*, parce que j'ai désigné sous le nom de *féodaux* un parti composé de quelques prêtres, de quelques femmes, de quelques émigrés rentrés en 1814, de quelques nobles et semi-nobles, de bourgeois *plus ennemis de la révolution que de la liberté*; parce que j'ai réduit ce parti au vingt-septième de la population; parce que j'ai rangé dans la cathégorie des *constitutionnels* le roi, sa famille, les pairs, le clergé, l'administration, la magistrature, les corps savans et littéraires, la vieille armée, l'armée actuelle, les neuf dixièmes des campagnes, les neuf dixièmes des villes de commerce, les patriotes avec toutes leurs variétés, et quinze millions d'intéressés dans l'aliénation des domaines nationaux.

Secondement, on ne se borne pas à dénoncer mes écrits au ministère public; on exerce d'avance ce ministère, et l'on requiert l'application de l'article du code pénal, en vertu duquel *on veut* que je sois jugé : or, cet article 102 ne prononce que la peine de mort, ou tout au moins le bannissement, contre l'accusé convaincu du crime d'avoir, par des écrits imprimés et publiés, attenté à la sûreté de l'état en excitant les citoyens à s'armer les uns contre les autres !!!

Troisièmement, M. le préfet s'attribue des *pouvoirs discrétionnaires*, pouvoirs que le roi n'a délégués spécialement à certains préfets, qu'en cas d'urgence et de troubles dans leurs départemens, pouvoirs que la loi ne confie réellement qu'aux ministres. M. le préfet m'apprend, en outre, que je suis placé sous la surveillance de la haute police, mesure qui ne pouvait avoir été prise à mon égard sans qu'on me l'eût notifiée légalement, puisqu'elle devait m'assujétir, aux termes du code pénal, soit à un cautionnement, soit à la résidence continue dans telle ou telle commune; mesure que la loi même du 29 octobre défendait de m'appliquer, puisque je venais d'être acquitté par une cour d'assises.

Quatrièmement, M. le préfet interdit la vente de mes brochures, sans attendre que le ministère public ait donné suite à sa dénonciation; il empiète sans scrupule et sans difficulté sur le pouvoir judiciaire, assuré d'avance du zèle du procureur du roi.

En effet, sur le réquisitoire de ce magistrat, le juge d'instruction lance un mandat d'amener, le 16 novembre; je subis un interrogatoire pour la forme, dans lequel l'on ne me fait connaître aucun des griefs articulés contre moi : je signe, et le mandat de dépôt est décerné. Quelques jours après on m'interroge encore; mais les questions ne portant que sur ma dernière brochure, je ne crois pas devoir répondre; car toutes étant dénoncées et saisies, il fallait au moins m'interroger sur toutes.

Après quarante jours de détention, je comparais enfin devant le tribunal de police correctionnelle, et *là seulement* je suis instruit qu'il existe une ordonnance de compétence rendue le 5 décembre par la chambre du conseil, qui me renvoie devant ce tribunal. Je transcris ici le texte de cette ordonnance :

« La chambre du conseil du tribunal de première instance de l'arrondissement du Mans, département de la Sarthe,

» Réunie en conformité de l'article 127 du code d'instruction criminelle, a rendu l'ordonnance ci-après sur le rapport que lui a fait M. Gaullier-de-la-Celle, juge d'instruction, de la procédure édifiée contre Rigomer Bazin, homme de lettres, demeurant au Mans;

» De cette procédure consistant, quant à l'instruction, dans la jonction aux pièces, de cinq brochures ayant pour titres :

» La première : *Lettres constitutionnelles* (1).

» La seconde : *Doutes éclaircis par un constitutionnel.*

» La troisième : *Le Trône et l'Autel.*

» La quatrième : *La Charte expliquée aux habitans des campagnes.*

» La cinquième : Le *Catéchisme politique*, suivi de *Tout est bien.*

» Et dans deux interrogatoires des seize et vingt-huit novembre, suivis du réquisitoire de M. le procureur du roi,

» Il résulte que ledit Bazin serait prévenu d'être l'auteur de ces brochures, d'y avoir tenu un langage, mis en avant des principes ayant pour but d'exciter les citoyens à s'armer les uns contre les autres, sans que cependant ces provocations aient été suivies d'aucun effet;

» De s'être tout au moins rendu coupable,

» 1.° D'écrits imprimés séditieux, en tentant d'affaiblir, par des calomnies ou des injures, le respect

(1) Ou *Séide.*

dû à la personne et à l'autorité du roi, en excitant à lui désobéir, ainsi qu'à la charte, délit prévu par l'article 8 de la même loi;

» Vû par la chambre toutes les pièces de la procédure, ensemble le réquisitoire de M. le procureur du roi, tendant à ce que ledit Bazin soit déclaré prévenu du crime d'excitation prévu par les articles 91 et 102 du code pénal, ensemble combinés;

» A ce qu'au moins et subsidiairement l'inculpé soit traduit devant le tribunal de police correctionnelle, comme auteur d'écrits imprimés, vendus et distribués, et actes qualifiés séditieux et délits par les articles 5 et 8 de la loi suscitée;

» Après en avoir délibéré,

» Considérant, sur le chef principal des conclusions de M. le procureur du roi, (premier considérant de son réquisitoire.)

» Que les écrits et actes séditieux n'ont un caractère criminel que lorsqu'ils *tendent directement* à produire les malheurs publics que les articles 91 et 102 du code pénal ont eu pour objet de prévenir, et que les écrits dénoncés ne contiennent aucunes de ces provocations aux citoyens qu'on puisse qualifier *d'excitation directe ;*

» A l'égard des conclusions subsidiaires du ministère public,

» Considérant,

» 1.° Sur le passage suivant du N.° 4, page 23: « Avant Pâques, nous serons tous libres et constitu-

» tionnels, » (deuxième considérant de M. le procureur du roi.)

» Que l'auteur semble supposer que les Français ne sont encore ni l'un ni l'autre; qu'en cela ou il pronostique de nouveaux événemens politiques, ou il fait injure à la personne du roi, en critiquant l'œuvre de sa sagesse;

» 2.° Sur le passage suivant du N.° 4 de la page 10: « C'est librement, environné des princes coalisés, que » Louis XVIII cède au vœu de la nation; c'est la » liberté publique qu'il veut, ainsi que le trône, pré- » server de tout danger » (cinquième considérant de de M. le procureur du roi.); que ces mots, *liberté publique* et *librement*, qui sont imprimés en lettres italiques, et dont le dernier se trouve immédiatement suivi de ces autres mots: *environné des princes coalisés*, peuvent être regardés comme une dérision et une insulte à la majesté royale; que, tant que le prévenu n'aura point produit des explications satisfaisantes sur le sens de cette locution, on sera d'autant plus fondé à l'interpréter contre lui, qu'à la même page, et sans que besoin en soit, lorsqu'il transcrit le préambule de la charte, il affecte de mettre en lettres majuscules le mot *libre* qui y suit celui de *constitution*, quoique dans le texte qu'on peut lire au 17.e Bulletin des lois, le mot *libre* se trouve imprimé avec les mêmes caractères que le corps de ce préambule;

» 3.° Sur le passage du N.° 4, page 13: « Pierre,

» *Rétablira-t-on la dîme?* --- Ariste. *Je ne le pense pas.* » (sixième considérant.);

» Que, si la forme de disserter par dialogue n'est défendue par aucune loi, s'il est naturel d'accorder quelque latitude à l'écrivain qui use de cette voie, et qui introduit sur la scène des interlocuteurs plus ou moins ignorans, au moins l'antidote doit-il se trouver à côté du poison, au moins l'effet de demandes niaises doit-il être détruit par des réponses franches et positives;

» Que, puisqu'il avait plu au prévenu de faire une demande propre à inspirer des inquiétudes, il entrait dans son obligation de faire une réponse négative et péremptoire; que le défaut d'une telle réponse rend cette partie du dialogue insidieuse, et fait que, si elle n'est pas expressément le délit d'alarme prévu par l'article 8, elle est au moins le délit de *provocation indirecte* prévu par l'article 9;

» 4.° Sur le passage du N.° 4, pages 16 et 17: « Les électeurs ne représentent qu'une partie des pro- » priétaires, les ministres et les préfets. » (septième considérant.);

» Qu'un citoyen peut bien se permettre d'écrire sur l'utilité d'une loi ou d'une ordonnance, d'en faire appercevoir les inconvéniens, ou d'exposer les avantages qui pourraient naître de telle ou telle modification; mais que l'exercice de cette faculté infiniment délicate doit toujours être accompagnée de ce ect profond qui est constamment dû au chef de

l'état; que c'est moins une censure que l'émission d'un vœu qui convient à un sujet, et qu'en disant que les électeurs ne représentaient, dans les dernières élections, qu'une partie des propriétaires, les ministres et les préfets, il a fait une critique inconvenante et despectueuse de l'ordonnance du roi, en date du 21 juillet 1815; que d'ailleurs élever des doutes sur la légalité de la chambre dans sa composition, c'est attaquer indirectement la légalité de ses opérations, et répandre par suite des alarmes dans l'esprit des citoyens sur leurs intérêts les plus chers;

» 5.° Sur le passage du N.° 5, page 8, ainsi conçu: « La révolution va finir par le besoin du repos. » (dixième considérant.);

» Que ces expressions semblent établir que la révolution n'est pas finie; que, sous ce rapport, elles se réfèrent au passage du N.° 4, page 23, dont il a été parlé dans le premier considérant sur les conclusions subsidiaires;

» 6.° Sur ce passage du N.° 5, page 13: « Dans » certain département on doute encore s'il y a une » constitution. » (douzième considérant.);

» Que c'est là une assertion alarmante, dont l'effet n'est pas détruit par ce que l'auteur dit, aussitôt après, des dispositions constitutionnelles du roi, des députés et des ministres;

» 7.° Sur le passage du N.° 2, pages 9 et 11: « J'appelle féodaux ceux qui veulent le retour pur

» et simple de l'ancienne monarchie. On peut évaluer » le nombre des constitutionnels à vingt millions, » celui des neutres à six millions, et le reste formera » le parti féodal. » (quatorzième considérant.);

» Que le prévenu ne se borne pas seulement à partager les Français en trois opinions; mais qu'il en qualifie un million de *parti féodal;* que dès-lors, et par la signification de ce mot *parti*, il donne à croire que cette portion de Français ne forme pas seulement des desirs, n'en est pas seulement réduite à des regrets, mais qu'elle parle, écrit, s'agite, pour arriver à ses fins, qui ne seraient rien moins que le renversement du gouvernement dans sa forme actuelle, ce qui établit une contravention aux articles 8 et 9;

» Considérant enfin que ledit Bazin, dans les deux interrogatoires que M. le juge d'instruction lui a fait subir, a été à même d'expliquer ces passages au moins équivoques de ses brochures, et qu'en ajournant cette explication au jour de sa défense, il a suffisamment autorisé la chambre à les interpréter contre lui et à en faire la base de ses préventions;

» Par ces diverses considérations,

» La chambre du conseil estime,

» 1.° Qu'il n'y a point contre Rigomer Bazin lieu à prévention des crimes prévus par les articles 91 et 102 du code pénal;

» 2.° Qu'il y a lieu de le traduire devant le tribunal correctionnel comme prévenu d'écrits imprimés et publiés, et d'actes qualifiés séditieux et délits par les articles 5, 8 et 9 de la loi du 9 novembre 1815;

» Et sur le surplus des conclusions de M. le procureur du roi, dit qu'il n'y a lieu à poursuivre par les motifs ci-après :

» 1.° Sur le grief tiré du passage N.° 4, pages 5 et 6, (troisième considérant.)

» Par la raison que l'inculpé ne dit point que Louis XVIII approuve les mouvemens convulsifs de 1789 et 1790, mais qu'il se borne à rapporter un fait qui appartient à l'histoire, et que le langage d'Ariste sur la bonté du roi fait bientôt oublier ce que la comparaison de l'interlocuteur Pierre avait de choquant;

» 2.° Sur le grief tiré du passage du N.° 4, page 9, (quatrième considérant.)

» Parce que l'auteur ne dit point que la charte n'est pas une concession de droits politiques; que, s'il met en avant que c'est la charte que le roi nous donne, et non la liberté, il exprime là une idée qui est en harmonie parfaite avec l'opinion des Français des derniers règnes, qui furent bien loin de croire que, sous les prédécesseurs de Louis XVIII, ils ne possédassent pas déjà ce bien;

» 3.° Sur le grief tiré du passage du N.° 4, pages 22 et 23, (huitième considérant.)

» Parce que, s'il fait dire à son interlocuteur Pierre que *la loi n'est que pour les sots*, il détruit suffisamment cette maxime anti-sociale, en faisant répondre, par l'interlocuteur Ariste, qu'il faut l'entendre dans ce sens que les lois sont destinées à secourir les sots, c'est-à-dire les faibles contre les forts, contre les méchans;

» 4.° Sur le grief tiré du N.° 5, page 1.re, (neuvième considérant.)

» Parce qu'il n'était pas défendu à l'auteur, en parlant de la charte, d'exposer comment un mot d'origine féodale, qui avait dans des temps reculés une signification plus étroite, en a acquis par l'usage une plus étendue;

» 5.° Sur le grief des maximes émises sur la noblesse dans le catéchisme des féodaux ou à l'usage des petites-maisons, (onzième considérant.)

» Parce que cette partie de la brochure N.° 5, où ces maximes sont avancées, n'a point été vendue ni distribuée; mais qu'elle a été retirée par l'auteur aussitôt après l'impression;

» 6.° Sur le grief tiré du passage du N.° 5, page 14, (treizième considérant.)

» Parce que l'homme qui émet l'idée que c'est la raison, et non la corruption des mœurs, qui a produit l'indifférence religieuse, n'engage en rien à désobéir aux dispositions relatives à la tolérance des cultes et autres consacrées par la charte, et qu'il n'existe point encore de loi sur l'abus de la presse, qui prohibe et impute à délit les doctrines fausses ou dangereuses;

» Enfin, sur le grief tiré du passage du N.° 5, page 15, (quinzième considérant.)

» Parce qu'en mettant en scène des gens de lettres,

les uns encore imprégnés des idées anciennes, les autres donnant à tête baissée dans les innovations du siècle, il se borne à faire résulter de ces élémens contraires un contre-poids utile à la raison, et ne dit rien qui puisse faire redouter le rétablissement de la féodalité et autres institutions mortes.

» Ainsi fait et arrêté à la chambre du conseil par nous François-Julien HARDOUIN-DUPARC, président; Perre GAULLIER-DE-LA-CELLE, André-René BRÉARD, Noël JOUSSET et René-Jacques COCHELIN, juges composant la chambre du conseil, le cinq décembre mil huit cent seize.

L'auditoire était nombreux, les tribunes garnies de dames, et moi-même j'étais environné de ce sexe qui ne sait peut-être pas combien les vrais patriotes aspirent à relever son existence morale. M. Girard, procureur du roi, prenant la parole, n'a plus pensé qu'il était magistrat. Il a méconnu la charte, qui recommande l'oubli du passé, l'extinction des souvenirs amers; qui défend aux tribunaux et même aux citoyens toutes recherches relatives aux opinions et aux votes émis avant la restauration. Il a violé la loi du 24 juillet 1815, qui dénomme les seuls individus dont il y a lieu de poursuivre leur conduite politique antérieure au 23 mars. Avant de dénoncer les écrits, il a dénoncé l'homme; et cet homme n'était revenu dans son pays natal qu'après dix-huit ans d'absence; il avait été acquitté, le 21 octobre 1815, par la cour d'assises d'Orléans; il avait passé huit mois dans une entière solitude; il s'était même attiré les éloges de M. le préfet, par sa conduite; et la justice que lui rendait cet administrateur est consignée dans la correspondance de M. le préfet avec le ministre de la police générale.

M. Girard a dénoncé l'homme; il a fait plus, il n'a pas rougi de l'insulter. Eh bien! cet homme est tout prêt à se défendre devant le tribunal de l'opinion publique, seul juge compétent des mœurs, du caractère, des actions politiques de chacun de nous dans le cours de la révolution. Si j'ai refusé de parler de moi devant les juges, c'était dans l'intérêt de la loi, dans celui des citoyens que de pareilles poursuites amèneraient encore devant les tribunaux. Qu'on m'attaque donc en face de mes compatriotes; que l'on produise un fait, un seul fait dans toute ma vie, qui puisse justifier les déclamations injurieuses de M. Girard. Il a parlé des erreurs de ma jeunesse et des crimes que je projète! Mes erreurs, les voici : à dix-huit ans j'ai cru voir Rome dans la France, Caton au sénat, les Gracques à la tribune, le grand peuple au Forum, et par-tout de vertueux citoyens; j'ai cru voir la république, et j'embrassais un spectre; et les faux Gracques m'ont traîné vers l'échafaud en riant de ma simplicité; et je me suis arraché de leurs mains homicides; et j'ai tout perdu excepté l'âme d'un républicain rendu à la monarchie constitutionnelle.

Les crimes que je projète! Successeurs d'Anitus, je

voudrais être Socrate; j'enseignerais la sagesse au peuple, et vous me feriez boire la cigüe.

Je comparai l'acharnement qui me poursuit à la futilité des accusations, et je ne crus pas devoir m'occuper de ma défense. Seulement je prononçai les paroles suivantes :

« C'est la sixième fois que je suis arrêté pour mes opinions politiques. En 1794, je demandais une constitution, et je fus accusé, moi dixième, d'avoir conspiré contre l'état. Je dis à nos juges : Si c'est être ennemis de l'état que d'aimer la liberté, nous le sommes, qu'on nous mène à l'échafaud; et nous fûmes acquittés.

» En 1795, je fus accusé de regretter un gouvernement sous lequel ma tête avait été proscrite; je dis au magistrat qui m'interrogeait : Si c'est vouloir l'anarchie que de vouloir la liberté, je suis anarchiste; et les portes de ma prison s'ouvrirent.

» En 1798, je fus accusé d'être l'ennemi du directoire qui violait la constitution. Je fus arrêté à Blois, et je dis au magistrat : Si c'est être coupable que de vouloir le règne des lois, je le suis; et l'on me laissa continuer ma route vers la capitale.

» En 1808, je fus accusé d'être le confident intime du général Malet; et je dis au conseiller d'état qui m'engageait à trahir les secrets de l'amitié : S'il est vrai que le général Malet m'ait honoré de sa confiance, je me tairai ; si cela n'est pas vrai, je n'ai rien à vous dire ; et je fus mis en liberté.

Mais on me signifia un ordre d'exil. Deux mois après je fus arrêté pour n'avoir point obéi à cet ordre ; je dis à la préfecture de police : « La loi vous défend de » condamner à l'exil un citoyen que vous n'avez pu » faire juger » ; et je demeurai prisonnier d'état pendant cinq ans.

» En 1815, je manifestai l'opinion : qu'il ne devait plus y avoir en France que des Français et des étrangers. En conséquence, on m'accusa devant la cour d'assises d'Orléans d'avoir voulu armer les étrangers contre les Français : je dis à mes juges : Si c'est être criminel que d'être patriote, je le suis ; et je fus encore acquitté.

» Aujourd'hui, je suis arrêté pour des écrits que, j'ose le dire, l'opinion publique me dispense de justifier ; et pourtant on m'accuse d'avoir voulu armer une partie des Français contre l'autre, d'avoir provoqué les citoyens à la sédition, d'avoir avancé des propositions injurieuses à la personne du roi : que dirai-je à mes juges ? ce que j'ai dit dans tous les temps : Si la passion de la liberté est un sentiment bas, dangereux et criminel, je suis coupable ; je le suis au premier chef ; qu'on me punisse.

» Dois-je défendre mes écrits devant vous, messieurs ; dois-je faire cette injure à vos lumières, à votre impartialité ? Dois-je craindre que vous vous laissiez entraîner par des considérations étrangères à la question qui vous occupe ? Est-ce l'auteur, ou ses écrits, que vous avez à juger ? Si l'on vous offre des passages isolés de ce qui les précède et de ce qui les suit, ne saurez-vous pas rétablir l'accord de mes idées rompu par les citations ? ne saurez-vous pas discerner mon intention, ma pensée dominante, dans l'ensemble de mes ouvrages ? aurai-je besoin de restituer le sens naturel là où l'interprétation aurait essayé de le détruire en tordant les mots pour avoir l'air d'en exprimer des poisons ?

» Non, je ne défendrai point ici mes écrits, ni ma personne ; je défendrai seulement la liberté de la presse, réclamée si vivement aujourd'hui par ceux-là même qui s'étaient, en d'autres temps, déclarés les ennemis de toute liberté. La charte constitutionnelle la garantit ; le code pénal en réprime les abus directs ; la loi du 9 novembre 1815 en punit les écarts, même dans les cas où elle attaquerait indirectement la personne du roi, la sûreté de l'état ou la famille royale.

» Les crimes et les délits de la presse sont tellement spécifiés par le code pénal, qu'il n'y aurait ni apparence de justice ni pudeur à traduire un auteur devant les tribunaux pour avoir le prétexte de saisir ses écrits, en vertu d'un article quelconque de ce code : il veut que l'attentat soit direct et que le délit soit déterminé.

» Il n'en est pas de même de la loi du 9 novembre faite pour des temps orageux, elle réprime jusqu'aux attaques indirectes : c'est dans les limites de cette loi rigide que doit se mouvoir maintenant la manifestation écrite de la pensée; mais ces limites ne gênent que l'esprit de révolte, de malveillance et de despect envers les personnes et les choses augustes ; elles n'ôtent rien à la liberté de l'esprit constitutionnel, à l'essor du patriotisme et de la vérité. La loi du 9 novembre ne servira donc point d'instrument aux viles passions, ardentes seulement pour haïr et persécuter ; c'est l'intention directe, positive de nuire, qu'elle réprime dans ses effets indirects, dans ses ruses et sa marche tortueuse : elle tend à comprimer les factions et non pas à détruire le germe de notre esprit public.

» L'application d'une loi provisoire exige donc, de la part des magistrats, ce discernement né de la conscience et de la connaissance des temps, qui sait apprécier et la volonté de l'écrivain, et les circonstances où il se trouve placé, et l'intérêt du gouvernement pour la conservation duquel la loi a été rendue. Autrement, il ne serait possible à personne d'écrire, ou la liberté de la presse ne serait plus qu'un piège affreux tendu aux vrais amis du roi, des lois et de la patrie.

» *Donnez-moi six lignes de votre écriture*, disait-on sous l'ancien régime, *et j'y trouverai de quoi vous faire pendre.* Eh bien ! avec une loi provisoire et des juges sans conscience, on pourrait donc sous le régime constitutionnel, jeter dans les prisons, bannir, envoyer à la mort, les plus fermes soutiens du trône et de la liberté ! « Le gouvernement, dira-t-on, peut-

» être, n'a pas besoin qu'on le défende, ni qu'on » écrive pour lui; l'apologie de ses actes, comme » celle de la loi serait un commencement de despect. » Je m'abstiendrai de caractériser une semblable doctrine, et je ne m'abaisserai point à la réfuter: nous ne sommes ni à Maroc, ni à Constantinople.

« Mais, dira-t-on encore, sous le voile constitution» nel, il est facile de calomnier le monarque ou sa » famille, d'accréditer des bruits alarmans, de jeter » dans les esprits le doute et la méfiance, d'entretenir » les partis dans leurs dispositions hostiles, de miner » sourdement les bases de l'autorité légitime. Sous » prétexte d'éclaircir des questions toujours épineuses, » toujours délicates, on peut exposer le pour et le » contre d'une manière assez insidieuse, pour que, » tout en paraissant défendre l'intérêt du monarque » et celui de l'état, on se flatte de parvenir à l'effet » tout contraire. »

» Admirable logique! système profond d'inquisition dont heureusement la France n'a point à redouter l'application désastreuse! Les livres, les pamphlets et même les journaux qui s'impriment aujourd'hui, sont des preuves incontestables et bien rassurantes que la liberté de la presse est partout respectée; que la pointilleuse censure n'a point passé des bureaux dans le sanctuaire des lois; qu'un écrivain de bonne foi peut se livrer à ses inspirations, sans appréhender que l'on tourne sa pensée en crime, ses écrits en provocations séditieuses, sa modération en hypocrisie, ses éloges en ironie, sa vénération pour la personne du roi en insulte. Déjà même le gouvernement, averti sans doute par de frappans abus, propose aux deux chambres d'ouvrir aux gens de lettres la voie d'opposition à la saisie de leurs ouvrages.

» Après ces considérations générales, je vais rappeler les articles de la loi du 9 novembre qui regardent la cause. L'article 5 range dans la classe des écrits séditieux ceux où l'on aura tenté d'affaiblir, par des calomnies et des injures, le respect dû à la personne ou à l'autorité du roi, ou aux personnes de sa famille. Voilà deux cas bien définis, bien déterminés : la calomnie et l'injure. Il est impossible de s'y méprendre, et la finesse la plus déliée, la plus habile dissimulation, ne pourraient échapper aux regards de la justice. Or, je défie l'œil le plus perçant de découvrir dans une seule de mes syllabes, non seulement le fait, mais encore l'intention soit d'attenter à la majesté royale par l'injure et la calomnie, soit d'exciter à désobéir au roi et à la charte constitutionnelle.

L'article 8 déclare coupables d'actes séditieux toutes personnes qui répandraient ou accréditeraient soit des alarmes touchant l'inviolabilité des propriétés qu'on appelle nationales, soit des bruits d'un prétendu rétablissement des dîmes ou des droits féodaux, soit des nouvelles tendantes à alarmer les citoyens sur le maintien de l'autorité légitime, et à ébranler leur fidélité.

» L'article 9 déclare encore tels les écrits mentionnés

dans l'art. 5, soit qu'ils ne contiennent que des provocations indirectes, soit qu'ils donnent à croire que des délits ou même des crimes de la nature énoncée dans la loi seront commis, ou qu'ils répandent faussement qu'ils ont été commis.

» *Provocations indirectes!* J'avoue que, de premier mouvement, on peut être alarmé de l'immense latitude donnée aux tribunaux par ce terme dont le sens indéfini séparé du sens déterminé de la loi, laisserait aux juges un pouvoir discrétionnaire effrayant. Par exemple, si, dans un écrit, où l'on repousse la doctrine du pouvoir absolu, pour établir la nécessité du régime constitutionnel, on pose le nombre comparatif des individus qui préfèrent l'un ou l'autre de ces gouvernemens; si l'on appelle féodaux ceux qui veulent le retour de la monarchie féodale, et si l'on réduit ces derniers au 27.e de la population, l'auteur ne pourrait-il pas être accusé d'avoir eu l'intention d'alarmer ses concitoyens, en leur faisant craindre ce retour d'un gouvernement aboli par la charte, en les portant à douter de la volonté du roi, quelque prononcée, quelqu'invariable qu'elle puisse être? Ne pourrait-on pas trouver que cet auteur a voulu qu'on entendît tout juste le contraire de ce qu'il écrit : c'est-à-dire qu'une faible partie peut prévaloir contre le tout; que de simples desirs sont une révolte; que de simples vouloirs sont une conjuration; que quelques nobles, quelques prêtres, quelques bourgeois sont tous les nobles, tous les prêtres, tous les bourgeois; que de proclamer hautement la bonté paternelle et la sagesse du petit-fils d'Henri IV, c'est provoquer indirectement à l'injure, à la calomnie, à la désobéissance, contre sa personne sacrée ?

Si le même auteur, à cette question : *rétablira-t-on la dîme ?* a répondu : *je ne le pense pas ;* ne pourrait-il pas être accusé d'avoir répondu tout bas : *je le pense ;* ou indirectement : *oui, l'on rétablira la dîme.*

S'il a écrit qu'un article de la charte était susceptible d'être révisé, mais qu'il fallait *attendre* cette révision, ne pourrait-il pas être accusé d'avoir provoqué indirectement à désobéir à la charte, sur-tout si cet article est un de ceux sur lesquels doit influer nécessairement le plus ou le moins de prospérité de l'état ; un de ceux qui peuvent être modifiés sans altérer nos bases constitutionnelles ; un de ceux que le roi lui-même avait jugé devoir l'être en convoquant la session de 1815 ?

» S'il a écrit : *Nous serons* TOUS *libres et constitutionnels avant Pâques*, ne pourrait-on pas l'accuser d'avoir calomnié indirectement le roi, en disant que personne en France n'est aujourd'hui libre ni constitutionnel ?

» S'il a écrit que le mot *charte* était un terme *féodal ;* ne pourrait-on pas l'accuser d'avoir indirectement calomnié, injurié le roi, en faisant entendre que sa majesté ne s'est servi d'un terme féodal que dans le dessein de rétablir la féodalité ; bien que cet auteur ait dit dans la même page que Louis XVIII a fait cette charte pour donner des bornes à sa propre puissance ; pour consacrer l'égalité des Français devant la loi, égalité parfaitement incompatible avec toute idée de féodalité; bien qu'il soit constant que les formules de certains actes émanés du trône, que la langue du barreau et la langue vulgaire des Français soient encore imprégnées des vestiges de la langue féodale; et que cela peut être dit, entendu, sans qu'il en résulte ni injures, ni calomnies, ni sédition contre la personne du roi?

» Si le même auteur s'est servi du mot *opposition* qui dans le code féodal, signifie révolte, et dans le code constitutionnel, liberté, ne pourrait-on pas l'accuser d'avoir répété ce que tant de discours et tant d'écrits révèlent chaque jour à l'opinion publique; savoir, qu'il existe un parti opposé aux ministres actuels, et que ce parti ne veut point de charte; d'avoir osé dire que la révolution n'est point encore finie, quand des lois provisoires suspendent l'exécution de cette charte dans ce qui concerne la liberté de la presse et la liberté individuelle, lois qui attestent l'existence de factions coupables, ayant pour but de se servir de la constitution contre la constitution même, lois dont l'adoucissement progressif, puis l'abolition définitive pourront seuls annoncer à la France que la fermeté du roi, tempérée par son indulgence, l'habileté des ministres et leur probité politique sont enfin venues à bout de mettre un terme à la révolution française?

Mais, messieurs, dès qu'on se pénètre du véritable esprit de la loi du 9 novembre, qu'on en distingue le vrai but, qu'on en saisit l'à-propos, plus de craintes ni d'allarmes ! la sécurité rentre dans l'âme de l'écrivain patriote, et la terreur n'agite plus que les factieux. Si par une de ces méprises que ne peut toujours éviter le magistrat même le plus intègre, un innocent est traduit devant les tribunaux, il y trouve du moins ses juges naturels, hommes que la loi doit rendre impassibles, puisqu'elle les fait indépendans.

» Dans les crises politiques, l'intervalle d'une année est bien long, il apporte de grands changemens; et l'état présent de la France comparé à ce qu'elle était en novembre 1815, en est une preuve irrécusable. Le gouvernement avait reçu d'immenses pouvoirs, et voilà qu'il propose lui-même d'en abdiquer une partie. L'effet matériel des lois provisoires, dévoilé dans les rapports des ministres, se réduit maintenant à si peu de chose, qu'on peut le regarder comme nul; il n'en reste plus que l'effet moral, cette crainte salutaire faite pour intimider seulement la pensée qui voudrait devenir coupable.

» Sera-t-il donc jugé coupable par vous, messieurs, celui que poursuivent peut-être d'anciens ressentimens, mais qui n'a rien à redemander aux gouvernemens divers créés en France par la révolution ? Non, il n'a rien à leur redemander, si ce n'est l'exil, les fers et l'échafaud qui fut dressé pour lui. Après dix-huit ans d'absence, n'ayant à rougir devant personne, j'ai cru que mon attachement invariable aux principes de la liberté ne serait point, dans le pays qui m'a vu naître, la cause de nouvelles persécutions; j'ai cru que mon expérience et mes malheurs me donnaient quelque droit à la confiance de mes compatriotes; j'ai cru que j'étais appelé au rôle honorable d'écrivain constitutionnel, et que ma voix, jadis exaltée par l'âge des illusions, aujourd'hui plus calme, sans être réfroidie par l'âge des réalités, pouvait encore rendre quelqu'utiles services. On m'a fait des objections, et des objections on est passé aux obstacles. On m'a dit que mes écrits, sous une autre plume que la mienne, n'auraient excité l'animadversion de personne; que l'opinion publique m'était absolument contraire; que mon nom rappelait de fâcheux souvenirs. J'ai répondu qu'on s'abusait; que le temps détruirait les injustes préventions; que le succès de mes ouvrages n'était point du tout la preuve de ma défaveur dans l'opinion publique; que s'il existait de fâcheux souvenirs, j'aspirais à la gloire de les effacer. Ah! tant qu'un souffle de vie m'animera, tant qu'un reste de chaleur électrisera ma pensée, je ne cesserai de développer aux yeux de mes concitoyens les avantages et les conséquences des principes constitutionnels; je vaincrai, par ma persévérance, l'obstination de ceux qui me repoussent : si je ne puis obtenir leur affection, je leur arracherai leur estime; et le confesseur de la liberté n'en deviendra point le martyr. »

A la suite d'une nouvelle diatribe encore plus violente que la première, M. Girard a produit comme renseignement un morceau de moi qui n'avait pas été publié ; il a jugé à propos d'en lire quelques fragmens ; et ces passages, montrés sous un faux jour, ont pu donner au public une impression défavorable.

Cet écrit n'était autre chose que la parodie du *Catéchisme politique* en deux pages et demie, et devait y faire suite. J'y rappelais les mêmes questions ; et les réponses étaient d'un fou. J'avais donc voulu faire ressortir la raison par le contraste de la folie. Dans le *Catéchisme politique*, l'une répondait avec tout son calme, toute sa force et tout son discernement ; dans le *Catéchisme impolitique, à l'usage des petites maisons*, l'autre parlait avec niaiserie, incohérence, colère, insolence et absurdité. Puisque M. le procureur du roi s'est cru permis de lire en public des passages isolés d'un écrit non publié et qu'il fallait du moins juger dans son ensemble, je devrais faire pour mon intérêt, ce qu'il n'a pas voulu faire pour celui de l'équité : je devrais soumettre à la censure de l'opinion publique et des tribunaux ce petit ouvrage qui ne méritait pas tant de bruit ; mais il a été interdit par un arrêté de M. le préfet ; et quoique cet acte n'ait pas été légal, je m'y conforme.

Voici les conclusions de M. le procureur du roi : cinq ans d'emprisonnement, cinq cents livres d'amende, la mise en surveillance pendant cinq ans, un cautionnement de vingt-cinq mille francs, l'affiche du jugement à 1500 exemplaires et les frais.

Interpellé par M. le président si je voulais répliquer, j'ai dit : « Quant à ce qui regarde ma personne dans les

» discours de M. le procureur du roi, je respecte trop » le tribunal, et je me respecte trop moi-même pour » y répondre; quant à ce qui regarde mes écrits, ils » portent en eux leur propre défense; quant à l'appli- » cation de la peine, je ne crois point en avoir mérité. »

Le 31 décembre, la cause ayant été appelée de nouveau, le tribunal a rendu le jugement suivant:

« Le tribunal, après en avoir délibéré,

» Considérant que Jacques-Rigomer Bazin, dans sa brochure ayant pour titre : *La Charte expliquée aux habitans des campagnes*, page 13, en faisant demander à l'un des interlocuteurs : *rétablira-t-on la dîme?* et en faisant répondre à l'autre : *je ne le pense pas*, a laissé un doute d'un prétendu rétablissement des dîmes; la réponse ne détruisant point l'indiscrétion de la demande.

» Considérant que, dans la même brochure, page 23, en disant, *avant Pâques nous serons tous libres et constitutionnels*, ledit Bazin a reculé l'époque de notre liberté, qui date du jour où le roi est reparu au milieu de nous; et il a répandu une nouvelle tendante à alarmer les citoyens sur l'effet de la charte et sur le maintien de l'autorité légitime;

» Considérant que, dans la brochure ayant pour titre *Catéchisme politique*, page 13, en disant: *dans certain département on doute encore s'il y a une constitution*, Bazin a calomnié le département dont il parle; et si c'est du sien, la calomnie en est d'autant plus noire; car tous les magistrats, fonctionnaires et citoyens de ce département font exécuter et exécutent avec scrupule cet œuvre de sagesse; et à ce moyen, il a répandu une nouvelle tendante à alarmer les citoyens sur le maintien de l'autorité légitime;

» Considérant que ledit Bazin qui a beaucoup écrit sur la constitution, au lieu de nombrer des partis de féodaux en France, d'exciter la haîne et la vengeance, et de jeter un cri d'alarme, aurait dû se pénétrer du dernier article de la charte, dans lequel le roi dit qu'il veut que tous les Français vivent en frères, et que jamais aucun souvenir amer ne trouble la sécurité qui doit suivre cet acte solennel;

» Attendu que ces faits constituent des délits prévus par les articles 5, 8, 10 et 12 de la loi du 9 novembre 1815, dont le président a donné lecture, et ainsi conçus : Art. 5, etc. Art. 8, etc., Art. 10, etc. Art. 12, etc.

» Le tribunal condamne Jacques-Rigomer Bazin à six mois d'emprisonnement dans la maison de correction établie près ce tribunal; le condamne en outre en cinquante francs d'amende;

» Ordonne qu'à l'expiration de sa peine, il demeurera pendant cinq ans sous la surveillance de la haute police de l'état; fixe à trois mille francs son cautionnement de bonne conduite;

» Ordonne que le présent jugement sera imprimé et affiché dans l'étendue de cet arrondissement jusqu'à concurrence de deux cents exemplaires;

» Le condamne au remboursement des frais de la procédure, taxés à........

» Ainsi jugé et prononcé publiquement à la salle d'audience du tribunal, par nous Charles-Jacques DAMNEY-DE-SAINT-LAURENT, vice-président, en présence et où assistaient MM. René-Anselme NÉGRIER-DE-LA-CROCHARDIÈRE, Charles-Joseph MOYNERIE et Michel-Pierre MORICEAU, juges composant la chambre correctionnelle, et en assistance de Me François-Benoît-Siméon BROUARD, greffier, le 31 décembre 1816.

» La minute est signée *Damney-de-Saint-Laurent*, *Négrier-de-la-Crochardière*, *Moynerie*, *Moriceau* et *Brouard*. »

J'attends dans un silence respectueux le jugement de la cour royale d'Angers.

RIGOMER BAZIN.

De l'imprimerie de RENAUDIN, rue des Trois-Sonnettes, N.° 9.

MON PROCÈS.

II.e PARTIE.

LA première partie de ce procès n'en est, pour ainsi dire, que l'introduction. Certain, d'avance, que l'intention du ministère public était d'interjeter appel dans le cas où je serais acquitté, j'avais réservé ma défense pour le jour où je comparaîtrais devant la cour royale d'Angers.

Il y a donc eu deux appels; car M. le procureur du roi avait fait aussi le sien.

Après avoir donné lecture des pièces qui composent la procédure, (1) M. le président m'a fait subir l'interrogatoire d'usage; puis M. l'avocat-général a pris la parole. Non seulement il a reproduit les griefs rejetés par

---

(1) Au nombre de ces pièces figurent des lettres écrites à M. le procureur du roi par divers juges de paix de son arrondissement, pour répondre à celles par lesquelles ce magistrat les avait chargés de s'enquérir de la manière dont mes *affidés* faisaient circuler mes brochures dans les campagnes, et sur-tout de l'effet

l'ordonnance de compétence, mais il a jugé convenable d'en articuler de nouveaux qu'il a puisés soit dans les brochures dénoncées, soit dans celles que j'ai publiées depuis mon arrestation.

Son système d'accusation, suivi avec adresse, était de compenser la pénurie des moyens par une longue série de citations où venaient s'ajuster des membres de phrases éloignées l'une de l'autre; où des idées disparates étaient mises en contact; où le sens des mots était totalement changé; où une foule d'inductions forcées étaient tirées des raisonnemens les plus clairs. Ce système présenté avec simplicité, empruntant un air de méthode, développé avec beaucoup de calme et de modération, allait être bien dangereux pour moi, si mes écrits n'eussent été là pour offrir à la cour l'unique réfutation qu'il fût possible d'y opposer avec succès.

M. l'avocat-général a cru pouvoir arriver à ses fins, sans recourir à l'emportement et sans attaquer ma personne. En effet, qu'a de commun avec la gravité de la magistrature ce dénigrement de la personne accusée? procédé d'autant plus indigne, que sa position la livre, pieds et poings liés, à de trop faciles attaques. Je n'ai donc point reçu ces douces épithètes de folliculaire,

---

qu'elles y produisaient. Toutes ces lettres s'accordent sur ces deux points, qu'aucun moyen extraordinaire n'avait été mis en œuvre pour répandre mes écrits, et qu'ils n'avaient produit aucun mauvais effet dans les campagnes : ce qui détruit formellement une grave allégation de M. le préfet.

pamphlétaire, écrivain populacier, Thersite, relaps, dont ailleurs j'avais été si généreusement gratifié.

Qu'un homme sans pudeur s'érige une chaire dans un feuilleton; qu'il y déchire la personne et le talent de l'homme de lettres ou de l'artiste qui aurait négligé de lui payer tribut : voilà le folliculaire, pirate de la littérature et des arts.

Qu'un homme sans honneur, envieux du bonheur ou de la supériorité d'autrui, se voue pour quelqu'argent au dangereux métier de servir *per fas et nefas* les haînes privées et les animosités de parti ; que, dans des feuilles volantes, il s'attache à flétrir les réputations les mieux établies, qu'il révèle les secrets des familles; qu'il se flatte de suppléer à la pauvreté de ses écrits par l'attrait décevant du mystère : voilà le pamphlétaire, reptile de la société.

Qu'un homme sans éducation et sans mœurs se mêle d'écrire; que, dans ses lubies quotidiennes ou hebdomadaires, il insulte effrontément à la langue, au bon sens et aux bienséances ; que sa verve barbare et grossière ne semble être inspirée que par la débauche et le vin ; qu'il veuille plaire exclusivement aux gens ignobles et pervers de toutes les classes : voilà l'écrivain populacier, *père Duchesne* de la république des lettres.

Qu'un soldat sans courage se transporte de fureur à la vue d'un brave; qu'il se fasse un bouclier de son ignominie; qu'il exhale ses imprécations contre ses chefs, sans en obtenir autre chose que le silence d'une pitié méprisante; qu'il attende (et ce trait fut oublié par Homère), qu'il attende le moment où le brave est enchaîné, pour l'insulter en face; et pour combler l'outrage, qu'il lui donne son nom : voilà Thersite, patron des lâches. (1)

Mais qu'est-ce donc qu'un relaps? Je croyais que ce mot n'appartenait qu'à l'inquisition. C'est ce terrible mot à la bouche, que le moine Arnault-Amaury faisait égorger les Albigeois dans le Languedoc; que le moine Guillaume faisait torturer et brûler vifs les chevaliers du temple; qu'un évêque de Beauvais faisait dresser le bûcher de Jeanne d'Arc. Qu'est-ce donc aujourd'hui qu'un relaps? on vient de transporter ce mot barbare dans une langue policée! voudrait-on transporter aussi la torche et le glaive du fanatisme dans la législation d'un peuple policé? Qu'est-ce donc aujourd'hui qu'un relaps? Serait-ce un partisan de la liberté qui, dans tous les temps, aurait soutenu son ame à la hauteur de ses principes? On voudrait bien le faire entendre ainsi; mais on n'y parviendra pas : la contradiction dans les termes est trop frappante. Ne serait-ce pas plutôt un de ces apostats de toutes les doctrines, trahissant tour-à-tour l'usurpation et la légitimité, et retombant de parjure en parjure? Oui, le voilà : c'est le relaps du siècle présent; c'est le sacrificateur et non plus

(1) M. Girard, après avoir outragé l'armée de la Loire, m'en a appelé le Thersite. Ce rebut de la Grèce insultait des héros jusques au sein de la victoire; et moi, je suivais des amis malheureux.

l'holocauste. Oui, le voilà, ce Torquemada de toutes les persécutions : il est là devant mes yeux : je vois ses cheveux hérissés, ses joues livides et creuses, son atroce regard; j'entends son accent homicide et sa voix sépulchrale. Docile serviteur de la vengeance, il la suit dans tous les partis; il traverse les révolutions, toujours armé de la calomnie et du poignard; il frappe en aveugle et avec furie sur le parti qu'il croit abbatu, et demande à genoux son salaire au plus fort.

Ah! si jamais de tels hommes parvenaient à surprendre la confiance du prince, et devenaient ses organes dans le ministère public, les tribunaux ne retentiraient plus que d'accusations scandaleuses où la vertu même serait étouffée sous un amas d'injures, de mensonges et de sophismes : la vie la plus irréprochable y serait calomniée; les actions les plus généreuses y seraient flétries; les plus nobles sentimens y seraient travestis en viles passions, et l'on verrait la frénésie prendre ses conclusions sur ce banc révéré où doit siéger seule l'impassible justice.

M. l'avocat-général a, comme M. Girard, rappelé de ces souvenirs amers que le roi veut pourtant qu'on oublie; mais toujours fidèle aux bienséances, il l'a fait sans passion, et, disait-il, comme simple renseignement, pour éclairer la cour sur ma *moralité* politique. Arrêtons-nous un moment, et définissons ce terme dans l'acception que lui donnent aujourd'hui des personnes peu jalouses de conserver la pureté de notre langue. Autrefois on entendait seulement par *moralité* cette petite sentence qui termine ordinairement les fables; aujourd'hui les philosophes appliquent ce mot à la volonté dirigeant la conduite : ils disent, par exemple, que l'esclavage ôte toute *moralité* à nos actions; mais d'autres personnes qui ne sont pas philosophes, ont dit que d'avoir des mœurs c'était être *moral;* et que de n'en point avoir c'était être *immoral;* d'où naquirent du sein de la révolution ces mots niais de *moralité* et d'*immoralité*. On se souvient encore de ce profond apophtegme d'une certaine école :

Jamais l'homme immoral ne fut républicain.

Puisque ce terme *moralité* est usité dans les tribunaux, et que M. l'avocat-général s'en est servi à mon égard, voyons si l'usage qu'il en a fait en cette occasion résulte au moins d'une idée claire, précise et juste. Qu'il soit bon de faire connaître à des jurés la conduite et les mœurs d'un accusé, pour qu'ils fixent d'abord leur attention sur ses habitudes et ses penchans, et qu'ils soient mis à portée de préjuger s'il est capable ou non du crime qu'on lui impute : cela ne peut être nié. La perversité ou l'honnêteté soutenue durant une vie toute entière forme déjà, non pas une prévention, mais un signe caractéristique qui ne peut être détruit que par des faits de toute évidence inhérens à la cause : voilà quant à la *moralité* privée.

Mais de quels élémens se composera donc la *moralité* politique? Des actions et des opinions sans doute. Si les actions ont été contraires aux lois éternelles de la justice; si celui qui les a commises s'est rendu coupable de vols, de déprédations, de faux témoignage, de meurtre; ou bien si, plus perfide encore, il a satisfait son avarice et ses vengeances sous le manteau de la délation ou du pouvoir, et s'il a cru pouvoir violer impunément les lois éternelles de la morale, la conduite de cet homme rentre dans le domaine de la *moralité* privée : dans tous les temps il sera justiciable des tribunaux : il n'y aura jamais d'amnistie pour lui ni devant la loi, ni devant l'honneur.

Il est une autre classe d'hommes, à la vérité moins coupables, parce qu'ils étaient plutôt faibles que pervers : j'entends ces êtres passionnés et déraisonnables qui se sont précipités dans les excès par imitation et par entraînement. La puissance du jour, le gouvernement de fait étaient tout pour eux : ils se rangeaient toujours du côté du vainqueur; ils abjuraient sans scrupule leur serment de la veille; ils opprimaient sans pitié leurs amis d'hier, et ne pouvaient s'imaginer que le plus fort ne fût pas le plus respectable : c'est à ceux-là qu'un gouvernement sage accorde l'amnistie, en les réduisant toutefois à une nullité salutaire pour eux et pour l'état. Oublions donc leur *moralité* politique, car, (en reprenant l'acception philosophique de ce mot) leurs actions et leurs opinions n'ayant appartenu qu'à ceux dont ils subissaient l'irrésistible ascendant, le défaut absolu du libre arbitre ôtait toute moralité à leur conduite.

Mais une troisième classe qui n'a besoin d'aucune

amnistie, est celle qui, dans la révolution, ne dépendit jamais volontairement ni des hommes ni des choses, celle des vrais amis de la liberté. Ils ont pu se tromper sur la bonne foi des autres, mais ils n'ont jamais manqué de bonne foi : ils ont pu croire au désintéressement et au patriotisme de ceux qui n'en avaient que le masque; mais ils ont toujours été désintéressés et patriotes : ils ont pu regarder comme ennemis de la société ceux qui l'étaient seulement d'un nouvel ordre de choses : ils ont pu les combattre; mais sans haîne et sans trahison; et dans beaucoup de circonstances, lorsqu'ils ont été vainqueurs, ils ont tendu une main secourable aux vaincus : ils ont pu s'égarer dans des théories impraticables; mais lorsqu'ils ont vu la tyrannie pour résultat d'une fausse liberté, ils ont tourné toutes leurs forces contre la tyrannie. De quelle espèce est donc la *moralité* politique de tels hommes? Les accusera-t-on pour leurs actions? Ils ne le craignent pas : leurs mains sont vierges de sang et d'or. Pour leurs opinions? La loi le défend devant les tribunaux; la raison le permet devant l'opinion publique; et c'est là qu'ils sont prêts à paraître en jugement, parce que c'est là seulement qu'on leur tiendra compte de la pureté de leurs intentions. Que dis-je? ils sont déjà jugés, et la véritable opinion publique les absout : car son tribunal ne siége point dans quelques oratoires et dans quelques salons.

Pour décrier ma *moralité* politique, on a cité celui de mes écrits dans lequel j'ai déposé la confession de ma vie entière : sentimens, opinions et conduite. Je l'avoue, l'impression que j'en ai ressentie ne s'effacera jamais de ma mémoire. Eh quoi! cet abandon d'une ame sans fiel et sans artifice, la franchise de ses aveux, ce besoin qui la tourmente de l'estime publique, cette conscience de l'avoir toujours méritée même au fort d'une jeunesse ardente et fougueuse, ce pur amour de la patrie, ce rapide tableau des longues et cruelles angoisses qu'une passion généreuse lui fit endurer, la touchante expression de ses reproches, tout cela n'a pu, déclamateurs, produire en vous que la triste pensée?..... Comment donc êtes-vous faits?

Eh quoi! l'ami du général Malet n'a pas même trouvé grâce devant vous; et lorsque je bravais les destructeurs de la liberté, c'était, disiez-vous, l'unité de pouvoir que j'attaquais. Ainsi j'en voulais à l'unité de pouvoir, quand je m'opposais au gouvernement révolutionnaire; j'en voulais à l'unité de pouvoir, quand je combattais les usurpations du directoire exécutif; c'est l'unité de pouvoir que le général Malet et ses amis attaquaient dans la personne de Napoléon! Ainsi, l'unité de pouvoir, c'est la tyrannie, selon vous, c'est le despotisme : je prends acte de cet aveu. Mais comment pourrez-vous concilier un tel systême avec ce respect que vous professez si haut pour la personne du roi? Si la veuve du général Malet est inscrite au nombre des pensionnaires de l'état, et son jeune fils au nombre des officiers de l'armée, il faut que le roi se soit trompé, ou que vous vous abusiez vous-mêmes : choisissez.

Je reviens à mon procès. M. l'avocat-général a conclu pour la confirmation pure et simple du jugement ; puis j'ai parlé pour ma défense. M. Lelong, mon avocat, a pris ensuite la parole, pour discuter, en point de droit, si la cour pouvait admettre dans l'accusation les griefs rejetés par l'ordonnance de compétence, et même des griefs étrangers à tout le cours de la procédure : il a prouvé qu'une telle prétention, de la part du ministère public, était subversive de toute justice ; il a opposé la *fin de non recevoir*, et a conclu à l'annulation du jugement.

La cour, desirant avoir une entière connaissance des brochures dénoncées, afin de pouvoir asseoir son jugement sur l'ensemble de ces ouvrages et sur l'esprit dans lequel ils avaient été composés, en a ordonné la lecture, et je l'ai faite. La cour et les assistans m'ont prêté une oreille attentive. Placé entre deux tribunaux, dont l'un devait prononcer d'après la loi, et l'autre d'après son sentiment ; sûr de l'innocence de mes écrits, peu sûr de leur mérite, j'avais une parfaite confiance dans la cour ; mais j'envisageais avec crainte ce public nombreux, instruit et sévère, qui m'écoutait dans le plus grand silence. Par bonheur, j'ai pu bientôt me convaincre de la bienveillance qu'il me portait : j'ai lu son suffrage dans tous les regards : ce moment de plaisir m'a payé de quelques jours malheureux ; et j'emporte dans mon cœur un vif sentiment de reconnaissance pour les citoyens d'Angers.

Cette lecture ayant prolongé l'audience jusqu'à huit heures, la cour s'est ajournée pour prononcer l'arrêt, qui a été rendu le 1.er février 1817.

Par un de ces caprices de la fortune qui, lorsqu'elle me poursuit, laisse toujours à regret échapper sa proie, un nouveau revers m'attendait à la porte de la salle où la liberté venait de m'être rendue : les gendarmes qui m'avaient amené me signifièrent, en sortant, l'ordre de retourner en prison. Je leur demandai l'exhibition et la copie de cet ordre ; mais je ne pus en obtenir que la lecture. Il était contenu dans une lettre adressée par M. le préfet de Maine-et-Loire au capitaine de la gendarmerie, et portait que, quelque fût l'arrêt de la cour, je serais réincarcéré *par mesure administrative :* J'obéis à la force, et je me laissai conduire. Quatre heures après, l'ordre fut révoqué ; j'insistai pour en avoir copie : le concierge de la maison d'arrêt me la refusa. Je m'abstiens ici de toutes réflexions sur cet acte de M. le préfet de Maine-et-Loire, acte qui a d'autant plus étonné les citoyens d'Angers, que c'est le premier de ce genre dont ce respectable fonctionnaire ait entaché son administration.

Je suis donc encore une fois acquitté ! Je reviens encore une fois au milieu de mes concitoyens : je vais reprendre ma tâche ; et, cessant de les occuper de moi, je vais les occuper d'eux-mêmes ; car en les entretenant des affaires publiques, c'est de leurs propres intérêts que je leur parle. Dans un seul mois, combien la marche du gouvernement a été rapide vers l'amélioration! et combien le germe de notre esprit public s'est développé! Deux lois provisoires ont reçu des modifications essentielles qui nous annoncent, d'un côté, la sécurité du gouvernement; de l'autre, ses précautions et sa vigilance : les électeurs représenteront enfin, dans toute leur étendue, l'industrie et la propriété : le beau rapport de M. de Lally-Tolendal à la chambre des pairs et le projet de loi qui vient d'être présenté à la chambre des députés nous font espérer que la responsabilité légale des ministres deviendra bientôt une garantie réelle pour la nation et pour eux-mêmes : la minorité, dans les deux chambres, ne s'oppose aux ministres qu'en apôtre de la liberté : enfin, ce département se glorifie de compter dans le conseil du roi l'un de ses citoyens, l'un de ces hommes rares qui doivent à de grandes vertus et à de grands talens la confiance du prince et de la patrie. Que d'encouragemens pour l'écrivain constitutionnel! et qu'il envisage avec délices le port où le vaisseau de l'état va rentrer après tant de naufrages!

RIGOMER BAZIN.

APPEL

DE M. LE PROCUREUR DU ROI.

Le procureur du roi près le tribunal de première instance séant au Mans, chef-lieu du département de la Sarthe,

A messieurs le président et conseillers composant la chambre d'appel en police correctionnelle de la cour royale d'Angers;

Soumet à ladite cour les moyens suivans à l'appui de l'appel par lui interjeté du jugement rendu contre le sieur Bazin, en date du 31 décembre :

1.° Il est de principe que la gravité de la peine doit être proportionnée au mal que le délit a produit. Or, dans l'espèce, suivant le rapport de toutes les autorités administratives et municipales (1), les écrits du sieur

(1) Les lettres des juges de paix chargés de faire une enquête sur l'effet de mes brochures dans les campagnes, lettres annexées à la procédure, étant en pleine contradiction avec l'assertion de M. le procureur du roi, il eût été fort simple de la soutenir au moins par des preuves, et de joindre au procès copie certifiée de ces rapports des autorités dont on parle.

Bazin ont produit, dans les campagnes sur-tout, des fermentations dangereuses, dont il suit que la légère peine de six mois qu'on inflige souvent pour un propos injurieux à l'autorité du roi, tenu dans un cabaret par un homme sans conséquence, ne peut être regardée comme proportionnée à la gravité du mal que ledit Bazin a fait; que d'ailleurs, pour réparer ce mal, il eût été nécessaire de donner un éclatant exemple de sévérité, but que n'a point atteint une condamnation de six mois;

2.° Il serait très-nécessaire, attendu le caractère révolutionnaire (2) et entreprenant dont se vante le sieur Bazin dans ses ouvrages, et sa carrière politique qui a été une lutte continuelle contre tout pouvoir monarchique, en quelques mains qu'il ait résidé (3); il serait,

---

(2) « Nous voulons aussi le *trône* et *l'autel;* nous les voulons » avec tous les royalistes constitutionnels : le trône et sa légitimité, l'autel et la doctrine pacifique de Jésus-Christ. *Nous » fûmes révolutionnaires;* pourquoi le nier? nous le fûmes pour » conquérir nos droits civils et politiques. Or, nous les possédons consacrés par la charte : pourquoi serions-nous encore » révolutionnaires? » (*Le Trône et l'Autel,* page 15.)

(3) Il est singulier que le gouvernement du roi ait été le seul en faveur duquel j'aie écrit, et que l'on m'accuse d'avoir lutté continuellement contre tout pouvoir monarchique.

Il est étrange qu'on parle de ma conduite révolutionnaire dans un temps où, de tous les habitans du département de la Sarthe, mes amis et moi nous avons été les seuls qui aient été traduits au tribunal révolutionnaire.

On me fait un crime d'avoir été en opposition avec tous les

dis-je, très-nécessaire de donner au ministère de la police le droit de pouvoir légalement lui assigner telle résidence qui conviendrait à la tranquillité publique; et que la nécessité à lui imposée de fournir un cautionnement de 3,000 francs ne suffira pas, parce que les malveillans du département de la Sarthe, pour se servir du caractère aventureux du sieur Bazin, lui fourniront ce cautionnement, tandis que celui de 25,000 francs que j'avais demandé les eût empêchés de venir au secours de ce frère et ami. (4)

Le soussigné prie la chambre de bien prendre en considération combien il serait nécessaire de porter ce cautionnement jusqu'à la somme de 25,000 francs, dans l'intérêt de la tranquillité publique.

---

gouvernemens de la révolution : que me dirait-on, si je les avais servis ?

(4) Quel langage! quelle dignité! quel esprit de conciliation! quelles hautes considérations de justice! quel respect pour la charte et pour les lois! L'impression de cette pièce est un monument de gloire que j'élève à son auteur. J'ai pour frères et pour amis tous les Français qui veulent vivre en frères, selon l'expression du père commun dans le préambule de la charte. J'ai pour frère et pour ami Charles Goyet, qui partagea ma proscription en 94, et dont le dévouement n'a connu ni bornes ni dangers dans mes dernières épreuves. On aura beau faire, on ne parviendra jamais à flétrir la générosité, la délicatesse, le courage de l'amitié ; et le sentiment qui fait le plus d'honneur au cœur humain triomphera toujours des méprisables attaques de l'hypocrisie politique. J'ai pour frères et pour amis une famille entière, que M. Girard a indignée.

3.° Le soussigné a cru que le caractère de persévérance dans les erreurs devait être un motif pour graduer la peine, d'où il s'ensuit que le sieur Bazin, par l'énumération, dont il se targue lui-même (5), de tous les actes de sa vie révolutionnaire, toujours en lutte contre tous les gouvernemens qui ont existé, excepté celui de 93 et 94, époque à laquelle il a été, ainsi qu'il le dit lui-même dans son *Séide* joint à la procédure, orateur du peuple, délégué proconsulaire, chef de levée en masse (6), etc., mérite de recevoir, par une peine longue, un traitement moral qui le ramène à des maximes plus sociales.

Fait au parquet, le 10 janvier 1817.

Le procureur du roi, GIRARD.

---

(5) Dont il se targue! O mes concitoyens, relisez *Séide*.

(6) Et traduit, moi dixième, au tribunal révolutionnaire. Notre persécuteur, trouvant qu'on ne nous jugeait pas assez vîte, écrivit à la convention une lettre dans laquelle on lisait ces mots: *Les conspirateurs du Mans vivent encore! les modérés conçoivent des espérances.*

M. Girard falsifie ce qu'il touche : il y a dans SÉIDE : *chef comptable, commissaire auprès d'une levée en masse.* M. Girard voulait absolument finir mon éducation : le succès qu'il avait obtenu l'encourageait dans cette pénible entreprise. Il trouvait, disait-il en face des juges et du public, que *mon éducation s'était perfectionnée sous les verroux*, et que mes derniers écrits étaient un symptôme d'amendement. Il eût desiré me soumettre à un *traitement moral* dans l'une des succursales de son *université de crimes :* je rends

MA DÉFENSE

DEVANT

LA COUR ROYALE D'ANGERS.

Messieurs,

DEVANT le tribunal correctionnel du Mans, je n'ai plaidé que pour la liberté de la presse; devant vous, cette cause n'a pas besoin d'être défendue, et je vais enfin m'occuper de la mienne.

De cent pages d'impression, on a extrait neuf lignes: de ces lignes, prises séparément, on a fait sept chefs d'accusation : le tribunal en a rejeté trois, et m'a con-

grâce à sa tendre et paternelle sollicitude : je le félicite sur la simplicité, sur l'indulgente douceur de sa méthode : ses cours d'études sont gais et moraux : sous les verroux! L'idée est très-plaisante : M. Girard sait rire fort à propos : aussi ne serai-je point ingrat, et m'empresserai-je toujours de lui rendre le fruit de ses chères leçons.

damné pour avoir écrit : « 1.° je ne pense pas qu'on » rétablira la dîme; 2.° avant Pâques, nous serons » tous libres et constitutionnels; 3.° dans certain dé- » partement, on doute encore s'il y a une constitu- » tion; 4° j'appelle féodaux ceux qui veulent le » retour de l'ancienne monarchie. »

Les trois griefs négligés par le tribunal, et dont vous vous occuperez sans doute, puisqu'ils font partie de l'accusation, sont d'avoir dit : « 1.° c'est *librement*, » environné des princes coalisés, que Louis XVIII » cède au vœu de la nation; 2.° les électeurs actuels » ne représentent qu'une petite partie des propriétaires, » les ministres et les préfets; 3.° la révolution va » finir par le besoin du repos. »

Je discuterai d'abord ces trois dernières propositions, réservant pour la fin celles qui ont paru au tribunal devoir entrer seules dans le dispositif de son jugement.

Dans la brochure intitulée : *Charte expliquée aux habitans des campagnes*, pages 9 et 10, je cite le préambule de la charte, où le roi s'exprime ainsi : « Nous » avons reconnu que le vœu de nos sujets pour une » charte constitutionnelle était l'expression d'un be- » soin réel; mais en cédant à ce vœu, nous avons » pris toutes les précautions pour que cette charte fût » digne de nous et du peuple auquel nous sommes » fiers de commander...... Lorsque la sagesse des rois » s'accorde librement avec le vœu des peuples, une

» charte constitutionnelle peut être de longue durée ; » etc. » Après cette citation, je dis : « Que faut-il » donc penser de ceux qui ne veulent point de con- » stitution, quand le roi vous dit lui-même que » *l'Europe éclairée* en attendait une pour la France » envahie par l'Europe armée? *C'est* LIBREMENT, » *environné des princes coalisés, que Louis XVIII cède* » *au vœu de la nation.* »

Eh bien! croirait-on que ce passage ait été taxé de dérision et d'ironie, parce que le mot *librement* y est souligné? qu'on m'ait reproché d'avoir rappelé une époque *honteuse* (1) pour les Français, et que le ministère public ait conclu que *ma proposition est injurieuse au roi, en annonçant que le roi n'était pas libre, lorsqu'il nous a concédé la charte, œuvre de sa sagesse?*

Si l'on eût pris la peine de lire mes écrits et d'en juger l'ensemble, au lieu de s'attacher uniquement à une demi-douzaine de propositions isolées et à des soulignemens, on eût trouvé dans la brochure intitulée *Doutes éclaircis par un constitutionnel*, un autre passage qui n'aurait pas laissé le moindre doute sur ma pensée, et le voici, page 12 : « Le roi veut que la » France soit libre : ne serait-ce pas un crime que » d'agir contre une aussi magnanime résolution? Et » ne dites pas que des considérations secrètes ont » pu le déterminer; car Louis XVIII ne se trouvait

(1) Expression de M. le président du tribunal correctionnel dans l'interrogatoire public du 26 décembre.

» sous l'influence d'aucune faction, lorsqu'il traça » le plan d'une charte constitutionnelle : il l'a méditée pendant vingt ans. Environné des armées de » toute l'Europe, il eût pu déclarer à la nation qu'il » reprenait les pouvoirs de la monarchie tels qu'ils » étaient jadis; et certes, les souverains qui l'avaient » ramené sur le trône ne lui auraient pas refusé leur » assistance. Quelle faction assez audacieuse, assez » puissante, aurait conçu l'espoir de contrebalancer » d'aussi grandes forces ? »

Messieurs, ce passage est sans réplique, d'autant plus que la brochure dont il fait partie est une de celles que la plainte administrative a déférées au ministère public.

On m'a reproché d'avoir rappelé une époque honteuse pour les Français: on eût dit, avec plus de vérité et de dignité, une époque malheureuse; car un peuple qui succombe sous les forces réunies de tant d'autres peuples n'a point encouru la honte : tout est perdu pour lui, *fors l'honneur*. Avait-il mérité ce reproche, celui qui écrivait en 1814 et répétait en 1816 ces lignes véritablement patriotiques, lignes que je vais extraire de ma brochure intitulée *le Trône et l'Autel*, page 14 : « Le despotisme seul a succombé dans la » personne de Bonaparte; la liberté seule triomphera » dans les effets de la victoire remportée sur lui par » les puissances coalisées. Quoi! ces empereurs et ces » rois, à la tête d'un million de combattans, ont » pénétré jusques au cœur de la France; ils étaient,

» disait-on, les ministres de la céleste justice; ils » allaient punir une nation criminelle.......... Et ces » terribles vengeurs, en entrant dans Paris, baissent » leurs armes devant la majesté du peuple français; » ils parlent de lois, d'institutions libérales, de paix, » de fraternité! Plus grand dans son désastre que dans » ses triomphes, ce peuple en impose à tant d'ennemis, » à ceux qui, pour exaucer les vœux homicides de » quelques frénétiques, devaient porter le fer et la » flamme dans la capitale et dans les provinces. »

Messieurs, *le Trône et l'Autel* est une des brochures saisies, quoiqu'on n'ait pu y trouver le texte d'une ombre d'accusation.

Deuxième grief écarté par le jugement : *Les électeurs actuels ne représentent qu'une petite partie des propriétaires, les ministres et les préfets.*

Si cela n'eût pas été vrai, messieurs, le roi n'eût pas fait proposer aux chambres par ses ministres d'appeler aux fonctions électorales tous les contribuables de 300 francs et au-dessus, et l'on conserverait aux préfets le droit d'adjonction. Mais ai-je donc prétendu attaquer la légalité des chambres nommées en vertu des lois et des ordonnances antérieures? Non, messieurs : j'ai seulement attaqué une loi que je croyais mauvaise, et qui l'était réellement, puisqu'on a jugé nécessaire de la remplacer par une autre. Or, une chambre instituée par une mauvaise loi n'en est pas moins légalement instituée. En Angleterre, il est reconnu que les communes ne sont pas également représentées, et cependant personne ne s'avise de dire qu'elles ne le soient pas légalement.

Troisième grief rejeté par le jugement : *La révolution va finir par le besoin du repos.*

« La révolution n'a-t-elle pas fini, m'a-t-on dit, » dès que Louis XVIII est revenu au milieu de nous? » Et tous les Français, en voyant l'héritier légitime » de la couronne, n'ont-ils pas renoncé à tout esprit » de division? Et ne jouissons-nous pas de la paix et » de la tranquillité? » (*Interrogatoire public du 26 décembre.*)

Toujours même méprise : on prend le dernier mot d'une phrase, sans même regarder ce qui le précède, et l'on veut absolument que j'aie dit ce que je n'ai pas dit; puis le ministère public intervient dans ses conclusions, pour déclarer que j'ai *semé l'alarme, en annonçant la crainte d'un renouvellement de révolutions!*

Quoi! j'annonce de nouvelles révolutions, quand je dis : la révolution va finir! et qu'elle va finir par le besoin du repos!

Messieurs, je vais vous lire le paragraphe entier, tiré du *Catéchisme politique à l'usage des constitutionnels*, page 8.

« *Demande.* Qu'est-ce que la révolution française?

» *Réponse.* Cette révolution a été le mouvement du » tiers-état pour que la noblesse et le clergé partagent avec lui les charges de la société, et pour » qu'ils en partage les bénéfices avec eux. Elle a dévié » de son but par la corruption ou l'inhabileté de ses

» chefs; elle y est arrivée par la force des choses, et » elle va finir par le besoin du repos. »

Si la révolution est arrivée à son but, il n'y a donc plus de nouveaux mouvemens à craindre; si la cause du mouvement donné cesse, ce mouvement va donc nécessairement cesser aussi; s'il y a besoin de repos, il ne peut donc y avoir tendance à de nouvelles agitations. Une révolution est comme la foudre : le son retentit long-temps après le coup.

Je passe maintenant aux quatre chefs d'accusation admis par le tribunal. Dans la *Charte expliquée aux habitans des campagnes*, dialogue entre un propriétaire et son fermier, page 13, après avoir entendu la lecture de l'article VII de la charte, relatif au traitement des ministres des cultes chrétiens, Pierre demande à son maître si l'on rétablira la dîme, et Ariste répond : *Je ne le pense pas.*

L'acte de compétence attaque cette réponse, parce qu'elle n'est pas négative ; et M. le président du tribunal correctionnel, parce qu'elle n'est pas affirmative ; et que penser veut dire présumer; lequel des deux faut-il croire? Et de-là M. le procureur du roi conclud que j'ai *répandu le bruit d'un prétendu rétablissement des dîmes !*

Pour que ma réponse fût affirmative, il fallait dire: *Je le pense*, et c'est alors que l'accusation eût été fort juste; pour que ma réponse fût négative, il fallait dire: *Je ne le pense pas*, et je l'ai dit; pour que le verbe penser signifie même chose que présumer, il faut que le dictionnaire de la langue française soit réformé; car jusques-là, penser signifiera toujours l'opération de l'esprit par laquelle il considère, il pèse en quelque sorte deux idées, et prononce qu'elles se conviennent ou ne se conviennent pas entr'elles. Mais ce qui me semble ne pas convenir à la gravité de la cour, ce serait de traiter sérieusement et plus long-temps une pareille question devant elle.

Deuxième grief : *Avant Pâques, nous serons tous libres et constitutionnels.* (*Ibidem*, page 23.)

Motif des conclusions du ministère public : « Attendu que le prévenu a tenté d'affaiblir le respect dû à » l'autorité du roi, *en avançant que nous n'étions pas* » *libres.* »

Motif du jugement : « Considérant que, dans la même » brochure, page 23, en disant : *Avant Pâques, nous* » *serons tous libres et constitutionnels*, ledit Bazin a » reculé l'époque de notre liberté, qui date du jour » où le roi a reparu au milieu de nous ; et qu'il a » répandu une nouvelle tendant à alarmer les ci- » toyens sur l'effet de la charte et sur le maintien de » l'autorité légitime. »

Voyez, messieurs, combien la simple omission d'une syllabe peut changer le sens de la proposition! J'ai dit : *nous serons* TOUS *libres*, et l'on veut que j'aie dit que personne n'est libre! Tout est de la même force dans cet étrange procès.

Dans les *Doutes éclaircis*, j'évalue au 27.e de la population le nombre des Français qui soupirent encore pour le rétablissement de la monarchie féodale: je ne puis donc penser que ces Français soient constitutionnels. D'un autre côté, la loi du 29 octobre 1815 dérogeait à la charte et aux codes; elle suspendait momentanément la liberté individuelle; elle était nécessaire sans doute pour contenir les volontés opposées au gouvernement du roi; elle doit expirer avec la session actuelle des deux chambres; et dès-lors *tous* les Français seront admis indistinctement à jouir du bénéfice de la charte; *tous* seront libres de droit et de fait. Si ma proposition est alarmante, le discours de son excellence le ministre de la police générale sur la liberté individuelle le serait encore davantage; car il recule à la fin de l'année le terme où commencera notre entière liberté, terme que mon interlocuteur Ariste fixe pour Pâques. Permettez-moi, messieurs, de vous rappeler un fragment de ce discours:

« C'est sous de si favorables auspices, messieurs, » c'est avec la confiance, disons plus, avec la certi» tude que la France *pourra bientôt* posséder, sans au» cun mélange de crainte, *et dans toute leur étendue*, » les biens dont elle commence à jouir, que nous » venons, d'après les ordres du roi, vous demander, » non le renouvellement de la loi du 29 octobre 1815, » mais le remplacement de cette loi par des disposi» tions plus restreintes, plus douces et également tem» poraires. Nous aurions vivement souhaité de pou» voir vous dire que le gouvernement du roi, pour

» maintenir l'ordre et la paix, n'avait plus besoin » d'aucune mesure extraordinaire; et que la France, » *enfin tranquille et libre*, ne réclamait plus, pour » assurer à jamais ses destinées, que la sagesse du roi » et *l'empire de la charte*. Mais, vous le savez comme » nous, messieurs, *les grandes agitations politiques se* » *prolongent bien au-delà du temps où elles se manifestent* » *par des orages*. »

J'ai donc eu raison de dire que la révolution, cette suite de grandes agitations politiques, allait finir; mais qu'il fallait encore attendre quelques mois pour que *tous* les Français fussent libres. Me voici donc placé tout entier sous l'égide de son excellence le ministre de la police, organe du gouvernement.

Dans ma première brochure, intitulée *Séide*, page 18, ce mot *tous* se retrouve doublement souligné, pour expliquer précisément la même pensée. « Le plus » grand effort que nous ayons à faire, c'est de nous » soumettre TOUS au régime constitutionnel. Nous » sentirons diminuer, de jour en jour, ces affections » mélancoliques, cette humeur acrimonieuse, qui » changent l'opinion en frénésie. Nous substituerons » la règle positive, la loi, aux abstractions et à la » personnalité. Les convenances reprendront leur » empire, et la contradiction n'aura plus d'emporte- » ment, parce qu'enfin les idées s'éclairciront. » Mais ce grand effort, messieurs, pouvait-il se faire en un jour? Et le terme de six mois était-il trop long pour y fixer celui de nos plus chères espérances? *Séide* est encore une des brochures très-gratuitement saisies; puisqu'elle n'a rien fourni à l'accusation.

Troisième grief : *Dans certain département, on doute encore s'il y a une constitution.* (*Tout est bien*, faisant suite au *Catéchisme politique*, page 13.)

Motif du jugement : « Bazin a calomnié le département dont il parle; et si c'est du sien, la calomnie en est d'autant plus noire; car tous les magistrats, fonctionnaires et citoyens de ce département font exécuter et exécutent avec scrupule cette œuvre de sagesse; et à ce moyen, il a répandu une nouvelle tendant à alarmer les citoyens sur le maintien de l'autorité légitime. »

Motif du ministère public : « Attendu que le pré- » venu a porté atteinte aux *pouvoirs de l'autorité du* » *roi*, en annonçant qu'en certain département on » doute s'il y a une constitution. »

Messieurs, la constitution a été violée à mon égard dans un département; elle l'a été envers d'autres citoyens, et j'en ai les preuves matérielles dans les mains.

Ce département est un de ceux dont M. de Serre a voulu parler, lorsque, dans son rapport sur le projet de loi relatif à la liberté individuelle, séance du 9 de ce mois, ce député a dit : « *L'expérience a prouvé* quel était le danger d'investir d'un pouvoir extraordinaire des hommes trop éloignés d'un gouvernement central, et trop rapprochés des passions personnelles pour n'en user qu'avec réserve et dans le cas d'une absolue nécessité..... Une arme aussi dangereuse ne doit jamais tomber entre les mains secondaires, que des *vues étroites*, des *sentimens haîneux* ou *l'esprit de parti* pourraient trop facilement égarer. »

Si l'on prétend que j'ai calomnié, que l'on me somme de désigner ce département, je suis tout prêt à répondre; mais la loi du 9 novembre ne pourrait m'être appliquée relativement au présent chef d'accusation, que dans le cas où j'aurais tenté directement ou indirectement d'affaiblir par des calomnies ou des injures le respect dû à la personne ou à l'autorité du roi, ou aux personnes des membres de sa famille; dans le cas où j'aurais excité par-là à désobéir au roi et à la charte; dans le cas enfin où j'aurais alarmé les citoyens sur le maintien de l'autorité légitime.

Or, immédiatement après ces mots : *Dans certain département, on doute encore s'il y a une constitution*, j'ajoute ceux-ci : *Patience; le roi, les députés et les ministres sont constitutionnels : tout est bien.* Ce n'est donc point l'autorité du roi que je considère ici comme paralysant les effets de la constitution dans un certain département, mais bien l'autorité locale. Prétendrait-on que les fonctions publiques déléguées par le roi donnassent à leurs titulaires l'inviolabilité royale, et que ce fût un crime d'avertir les administrateurs et les magistrats qu'ils ne sont point infaillibles? Cette prétention ne serait point du tout constitutionnelle; et si elle était admise, que deviendrait la liberté publique? On parle des *pouvoirs* de l'autorité royale : cette expression n'est pas dans la loi du 9 novembre; elle ne pourrait même être insérée dans aucune loi.

Ai-je excité à désobéir au roi? cette accusation serait dérisoire; car je me plains, au contraire, de ce que l'on désobéit au roi. Ce serait donc à la charte? pas davantage, puisque je me plains de ce qu'on doute de l'existence de la charte. Ai-je répandu une nouvelle tendant à alarmer les citoyens sur le maintien de l'autorité légitime? Mais ce n'est point une nouvelle que je donne, c'est une réflexion que je fais; et cette réflexion est que, dans la 86.e partie de la France, on doute encore s'il y a une constitution : reste à juger s'il y a là quelque chose d'alarmant pour les citoyens, et s'il peut tomber sous le sens que tel fonctionnaire d'un ordre secondaire, mettant sa propre volonté à la place des lois, est un sujet d'alarme pour le trône et pour la nation.

Quatrième et dernier chef : *J'appelle féodaux ceux qui veulent le retour pur et simple de l'ancienne monarchie.* (*Doutes éclaircis*, page 9.)

Motif du ministère public : « Attendu que la propo-
» sition du prévenu est alarmante, en annonçant en
» France un parti d'opposition. »

Motif du jugement : « Considérant que ledit Bazin,
» qui a beaucoup écrit sur la constitution, au lieu de
» nombrer des partis de féodaux en France, d'exciter
» la haîne et la vengeance, et de jeter un cri d'alarme,
» aurait dû se pénétrer du dernier article de la charte,
» dans lequel le roi dit qu'il veut que tous les Français
» vivent en frères, et que jamais aucun souvenir amer

» ne trouble la sécurité qui doit suivre cet acte so» lennel. »

Oui, messieurs, je l'avoue, ma proposition est alarmante; mais pour qui? pour ceux qui ne veulent point de constitution, pour ceux qui ne veulent point vivre en frères : elle alarme leur orgueil et met leur impuissance à jour. Me serais-je trompé? N'existerait-il point de Français qui ne voulussent pas de constitution? Une foule d'écrits, les journaux, la conscience publique, me répètent chaque jour que je ne me suis pas trompé. Les journaux, messieurs, ces régulateurs de l'esprit public, puisqu'ils sont tous sous la main du gouvernement, puisque la censure préalable est conservée pour eux seuls, les journaux nous l'auraient appris lors même que nous nous serions refusés au témoignage de nos yeux et de nos oreilles. Celui du département de la Sarthe même, imprimé sous les yeux, sous la censure de M. Pasquier, préfet, nous l'a révélé de la manière la plus positive et la plus effrayante. Dans le N.° du 4 novembre, jour de la foire de Toussaint, jour où la campagne entière afflue dans la ville, cette feuille contient un long morceau tiré d'un journal de Paris, où ce que j'appelle parti est représenté comme une vaste conspiration ourdie contre le trône. « Des agens, y » est-il dit, partent pour toutes les provinces; ils » animent les partis l'un contre l'autre; appellent les » Vendéens aux armes, promettent le renversement » de la charte, forment des conciliabules où le mot de » ralliement est: *A bas la charte!* »

Maintenant, messieurs, comparez cet article d'esprit public avec cette pâle et craintive assertion que l'on veut bien nommer un cri d'alarme : il existe en France un parti qui est d'un individu contre vingt-six.

A propos de ce mot *parti*, on m'a reproché de l'avoir laissé tomber de ma plume ; et l'on a regardé comme alarmant d'avoir annoncé en France un parti d'opposition. Un tel reproche décèle peu d'habitudes constitutionnelles dans ceux qui n'ont pas craint de me le faire. Sous un gouvernement libre, il y aura toujours une opposition, toujours des partis dont chacun parlera, écrira dans le sens qui lui est propre, mais ne s'agitera point pour changer la forme de ce gouvernement : ils se renfermeront et se balanceront dans le cercle constitutionnel ; autrement, leur mouvement, signe de liberté, deviendrait un signe de faction et même de révolte. On peut donc être constitutionnellement d'un parti, dans ce sens qu'on peut avoir conformité d'opinions et d'intérêts avec un certain nombre d'individus ; mais on ne peut être constitutionnellement d'une faction, parceque la faction est le parti agissant contre les lois. Aussi, n'ai-je point dit *faction*, quoique beaucoup d'autres l'eussent écrit avant moi sous les auspices du ministère et même sous ceux de M. le préfet de la Sarthe.

M. le comte de Cazes, dans son rapport sur la liberté de la presse, dit : « Nous ne vivons pas dans ces » temps réguliers et calmes où la tranquillité du passé » est un garant presque sûr de l'avenir, et où les partis

» formés uniquement par l'opposition des ambitions
» de quelques hommes effleurent à peine la surface
» de l'ordre social. »

Ainsi l'orateur du gouvernement vient de rechef à l'appui de l'assertion : que la révolution n'est pas encore finie ; il assure que nous ne vivons pas dans des temps *calmes et réguliers ;* et que les *partis* ne se bornent pas à *effleurer* la surface de l'ordre social : il y a donc des partis en France.

Messieurs, je croirais faire injure à votre sagacité, si je prolongeais cette défense : je me résume donc. On a voulu m'empêcher d'écrire en exerçant arbitrairement la censure sur mes écrits ; après avoir témoigné ma déférence à l'autorité administrative, j'ai cru devoir faire enfin valoir les droits que la loi me garantit comme français, et dès-lors on a mis en œuvre l'autorité judiciaire. Quinze griefs ont donc été articulés contre moi par le ministère public ; la chambre du conseil les a réduits à sept, et le tribunal correctionnel à quatre. De ces quatre, les deux premiers ne sont évidemment là que pour faire nombre ; car les mots : *je ne pense pas qu'on rétablira la dîme*, n'exprimeront jamais la même idée que ceux-ci : *je doute qu'on ne la rétablisse pas ;* et dire : *avant Pâques, nous serons tous libres et constitutionnels*, ne peut en aucun cas être l'équivalent de cette absurde proposition : *personne en France n'est aujourd'hui ni libre ni constitutionnel.*

Restent donc deux griefs très-sérieux ; puisque l'un attaque indirectement un pouvoir local, et que l'autre blesse un parti qui, depuis vingt-cinq ans, dit-on, n'a rien oublié, rien appris; parti qui rêve encore à la possession exclusive du droit de représenter la nation française.

Mais y a-t-il là rien de commun avec la sédition, le despect pour la personne ou l'autorité du roi, et des nouvelles alarmantes? Non, messieurs : partout, dans mes écrits, la personne et l'autorité du roi reçoivent le tribut d'un sentiment profond de vénération et de reconnaissance. Prétend-on que j'aie calomnié indirectement quelque fonctionnaire public? La loi du 9 novembre ne m'est pas applicable. Veut-on que j'aie indirectement calomnié quelques particuliers? Elle ne me l'est point encore. Les ai-je alarmés? tant mieux : j'aurai pu contribuer à les convertir au régime constitutionnel. Ai-je alarmé le plus grand nombre des citoyens? Non, messieurs; car en disant : « On peut » évaluer le nombre des constitutionnels à vingt mil- » lions, celui des neutres à six milions, et le reste for- » mera le parti féodal, » je n'ai pu croire qu'il existât un seul Français assez facile à alarmer, pour craindre la proportion d'un à vingt-six. Et lors même que cette assertion serait alarmante, serait-elle coupable selon la loi? Non, messieurs; car elle résulte de mon opinion, et l'on n'a jamais considéré une opinion comme un fait, moins encore comme une nouvelle : or, la loi dit expressément : *nouvelles* tendant à alarmer les citoyens.

Messieurs, je m'abandonne avec confiance à la justice de la cour.

ARRÊT

DE LA COUR ROYALE D'ANGERS.

LOUIS, par la grâce de Dieu, roi de France et de Navarre, à tous ceux qui ces présentes verront, salut :

La cour royale d'Angers, chambre correctionnelle, a rendu l'arrêt suivant :

Entre Jacques-Rigomer Bazin, etc. (*Suivent les conclusions de maître Lelong, avocat, celles de M. Prévost-de-la-Chauvellière, avocat-général, et l'arrêt du 25 janvier, qui continue la cause à huitaine.*)

Et le samedi 1.er février 1817,

Jacques-Rigomer Bazin, prévenu, appelant, détenu à la maison d'arrêt d'Angers, a été amené en l'auditoire de la cour, présent à l'audience, et assisté de maître Lelong, avocat, son conseil ;

Présent M. l'avocat-général, Prévost-de-la-Chauvellière.

La cause appelée, le délibéré continue à ce jour, suivant qu'il résulte de l'arrêt du 25 janvier dernier, pour statuer sur l'appel dont il s'agit.

Après en avoir délibéré,

Attendu, sur le premier chef du jugement dont est appel, que le sens positif et unique que présente cette demande : *Rétablira-t-on la dîme ?* n'offrirait qu'un doute émis, si la réponse négative qui la suit ne la détruisait pas ;

Que ce serait vouloir porter atteinte à la pensée, que de donner aux mots un sens opposé à l'idée qu'ils expriment ; d'où il suit qu'on ne peut assimiler l'effet que produirait dans l'esprit la réponse : *Je ne le pense pas*, à celui qui résulterait de la réponse contraire : *Je le pense ;*

Attendu, sur le deuxième chef, que cette phrase : *Avant Pâques, nous serons tous libres et constitutionnels*, pourrait, étant prise isolément, ne présenter qu'un sens vague, s'il ne se trouvait expliqué par les phrases qui la précèdent; qu'en la rattachant à ses antécédentes, la pensée qu'elle énonce n'offre que le présage, que les motifs qui ont nécessité les lois de circonstance, restrictives des bienfaits que nous devons au roi par la charte, cesseront bientôt d'exister ;

Attendu, sur le troisième chef, que la phrase que l'on considère comme un délit ne peut être envisagée comme calomnieuse ou injurieuse à la personne ou à l'autorité du roi, puisque, après avoir dit : *Dans certain département, on doute encore s'il y a une constitution*, on ajoute : *patience ; le roi, les députés et les ministres sont constitutionnels : tout est bien ;*

Attendu, sur le quatrième et dernier chef, que le prévenu, en disant : *J'appelle féodaux ceux qui veulent le retour pur et simple de l'ancienne monarchie*, n'a pas, dans le sens que présente cette phrase dans la brochure où elle est consignée, publié une nouvelle alarmante, ayant les caractères voulus par la loi du 9 novembre 1815.

Attendu, relativement aux conclusions de M. l'avocat-général, tendant à faire prononcer la cour sur des chefs de délits non compris dans l'ordonnance de la chambre du conseil qui a traduit le prévenu devant le tribunal de police correctionnelle, non plus que dans le jugement dont est appel, que la cour ne peut priver un justiciable des deux dégrés de jurisdiction que la loi lui accorde; et qu'au surplus les nouveaux griefs, ainsi que ceux rejetés par les premiers juges, que présente le ministère public, ne sont pas fondes;

Attendu que les griefs imputés à l'appelant ne résultent, en général, que de l'interprétation de phrases tronquées, incomplètes ou isolées, qui ainsi ne peuvent présenter un sens entièrement opposé à celui qu'elles renferment, étant liées avec celles qui précèdent et qui suivent; et que, pour apprécier la véritable intention d'un auteur, il faut la rechercher dans l'ensemble de ses ouvrages, sans qu'il soit permis de lui en supposer une qui n'y serait pas manifestée, quelqu'aient été d'ailleurs, antérieurement, ses principes et ses opinions;

Attendu, enfin, que la lecture des brochures annexées à la procédure ne présente aucun des délits caractérisés par la loi du 9 novembre 1815;

Par ces motifs, la cour, faisant droit sur les appels interjetés tant par le ministère public que par le prévenu, met les appellations et ce dont est appel au néant;

Émandant, décharge Jacques-Rigomer Bazin des condamnations prononcées contre lui; ordonne en conséquence qu'il sera mis en liberté, s'il n'est détenu pour autre cause, et fait main-levée de la saisie des brochures dont il s'agit.

Ainsi jugé à Angers, le samedi premier février mil huit cent dix-sept, en l'audience de la cour royale, chambre correctionnelle; et prononcé par M. DOLSEGARAY, conseiller, remplissant les fonctions de président de ladite chambre; où étaient et assistaient MM. BERAUD, LORIER, GAUTRET et VERDIER, conseillers, qui ont signé le présent arrêt: MM. *Beraud, Lorier, Gautret* et *Verdier*, appelés en remplacement des conseillers de ladite chambre, absens.

La minute est signée *Dolsegaray, Beraud, Lorier, Gautret et Verdier.*

Mandons et ordonnons à tous huissiers sur ce réquis de mettre le présent arrêt à exécution; à nos procureurs-généraux et procureurs près les tribunaux de première instance, d'y tenir la main; à tous commandans et officiers de la force publique, de prêter main-forte, lorsqu'ils seront légalement réquis.

En foi de quoi ledit arrêt a été signé par le président et les membres de ladite chambre.

Pour expédition conforme,

Le greffier en chef de la cour royale d'Angers,

DELAURÉAT.

EXTRAIT

du registre des arrêtés de la préfecture du département de la Sarthe.

LE Maître des requêtes, préfet du département de la Sarthe, chevalier de la légion d'honneur,

Vu l'arrêt rendu par la cour royale d'Angers, en date du premier de ce mois, par lequel le sieur Rigomer Bazin est déchargé des condamnations prononcées contre lui par le tribunal de 1.re instance du Mans, le 31 décembre dernier, et qui donne main-levée de la saisie des brochures mentionnées audit arrêt,

ARRÊTE:

ART. I.er Les scellés apposés sur les diverses brochures du sieur Rigomer Bazin, en vertu de nos arrêtés des 13 et 27 novembre dernier, seront immédiatement levés, et lesdites brochures laissées à la libre disposition de leurs détenteurs.

ART. II. Monsieur le commissaire de police de la

ville du Mans est chargé de l'exécution du présent, dont il sera donné copie audit sieur Bazin.

En préfecture, au Mans, le 3 février 1817,

Signé le chevalier J. PASQUIER.

Pour expédition conforme,

Le préfet de la Sarthe,

Signé le chevalier J. PASQUIER.

Pour copie conforme,

Le commissaire de police de la ville du Mans,

DELISLE.

FIN.

De l'imprimerie de RENAUDIN, rue des Trois-Sonnettes, N.° 9.

www.ingramcontent.com/pod-product-compliance
Ingram Content Group UK Ltd.
Pitfield, Milton Keynes, MK11 3LW, UK
UKHW021006200726
13857UKWH00004B/1307